Sarah Beicht

Weiße Kreidekreuze

Novelle

Viel Freude beim Lesen!

Brot&Kunst-Verlag

FBM 2023

Sarah Beicht, Weiße Kreidekreuze

Alle Rechte vorbehalten.
Nachdruck, auch auszugsweise,
ohne Genehmigung des Verlags nicht gestattet.

Die Arbeit an diesem Buch wurde gefördert von der
Stiftung Rheinland-Pfalz für Kultur im Rahmen von
»IM FOKUS – 6 Punkte für die Kultur«.

1. Auflage: April 2023
ISBN: 978-3-949933-05-9

Satz & Layout: Florian Arleth
Inhalt: Sarah Beicht
Umschlag: Florian Arleth

Gesetzt aus der Garamond
© Brot&Kunst-Verlag, Haßloch/Pfalz

Druck und Bindung:
PRINT GROUP Sp. z o.o. (Stettin)

brotundkunst.com

Für Binx & Bilius-Nikolče

Weiße Kreidekreuze

Eine Verbeugung gehört eigentlich nicht zum Programm. Sie tun es trotzdem seit ein paar Monaten: eine Hand auf dem Herzen, den Kopf tief zwischen die Schultern gebeugt, verharren sie ein paar Sekunden und gehen dann schweigend an die Arbeit. Das Licht der Neonröhre an der Decke zittert etwas, auch für sie ist der Morgen noch früh. Unzählige Panzer aus Chitin bilden ein Kaleidoskop aus Motten, Fliegen und Spinnen, die ihre verzerrten Schatten auf den blassgrauen Linoleumboden werfen. Leere, abgestoßene Hüllen.

Sie ziehen sich ein zweites Paar dünner Plastikhandschuhe über. Zwei paar medizinische Masken, davor ein Plastikvisier über der Kopfhaube. Ein Kittel aus dünnem, weißem Papier, darunter weiße Turnschuhe. Auch mit einem Überzug darüber. Es ist ungewohnt, so ganz in Weiß, denn eigentlich tragen sie auf der Arbeit immer Schwarz. Oder zumindest ein gedecktes Blau. So sehen sie beinahe aus wie Ärzte, das sind sie aber nicht. Ganz im Gegenteil. Der Vollschutz gehört mittlerweile zum Arbeitsalltag.

Damit man die beiden unterscheiden kann, haben sie sich ausgedruckte Bilder ihrer eigenen Gesichter auf den Rücken gepinnt, darunter die Namen und die Institution:

> **JANINE RICHTER**
> *PIETÄT RICHTER*
>
> BESTATTERMEISTERIN

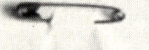

und

> **ACHIM DIENHARDT**
> *PIETÄT RICHTER*
>
> PRAKTIKANT

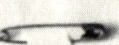

»Es ist wichtig, dass die Leute immer gleich wissen, mit wem sie es zu tun haben«, hatte Janine erklärt. »Gerade in unserer Branche steht die Ansprechbarkeit an erster Stelle.«

Janine war am Anfang jedes Mal erschrocken, wenn sie an einem Spiegel vorbeikam und eine weiß vermummte Gestalt zurückblickte. Ein moderner Geist, der Schrecken. Mittlerweile schien selbst Achim sich an den Vollschutz gewöhnt zu haben. Auch wenn er sich am Morgen bei Dienstantritt mal wieder lautstark über die unmodische Arbeitskleidung beklagt hatte.

Sorgfältig misst Janine den vor ihr ausliegenden Körper mit den Augen ab. Nach fünf Jahren als Meisterin ihres Berufs und über fünfundzwanzig Jahren Aufwachsen und Arbeiten in der Branche kann sie Zustand, Größe und Gewicht sehr gut abschätzen. Meistens stimmt auch noch die Todesursache. Kein Maßband ist vonnöten, wie der Bestatter bei *Lucky Luke* es immer mit sich herumzutragen pflegt. Bei dieser alten Dame sollte die Standardausrüstung bei Weitem genügen, und an den Füßen würden sie die Tücher einfach etwas umschlagen, damit sie nicht auf dem Boden schleifen. Man glaubt gar nicht, wie klein der Mensch am Ende seines Lebens wirkt. Als würde der Körper mit jedem vergangenen Jahr zusammenschrumpfen wie ein runzeliger Luftballon. Einen Zentimeter pro Jahrzehnt, sagt man. Bis nichts mehr bleibt von der einst stattlichen Statur, selbst die größten Riesen wirken im Tod ganz zierlich und wiegen nur noch einen Bruchteil. Und der Körper dieser Dame scheint beinahe nur noch so groß wie der eines Kindes zu sein.

»Weißt du, woran die alte Frau gestorben ist?«, fragt Achim und spielt mit der Krankenakte, die man ihnen beim Betreten der Seniorenresidenz *Haus Nikolaus* in die Hand gedrückt hat.

»Was ist denn als Todesursache vermerkt?«, fragt Janine und bereitet eine große Flasche mit Desinfektionsmittel vor.

Eine Weile sucht Achim in dem Formular, dann fällt ihm der große rote Punkt in der rechten oberen Ecke auf. ›Ampel Rot‹, so nennt man solche Fälle mittlerweile nur noch. Den gelben Punkt bekommen Leute, bei denen eine Infektion nicht eindeutig nachgewiesen werden konnte, aber nicht unwahrscheinlich ist, und grüne Punkte werden bei offensichtlichen weiteren Todesursachen vergeben. Eigentlich sind das nur noch Mordopfer oder Unfälle, alle anderen sind mindestens ›Ampel Gelb‹. Erschrocken sieht Achim von der Akte auf.

»Na komm«, sagt Janine sanft, »jetzt wäschst du sie erst einmal gründlich mit dem Desinfektionsmittel. Überall und nicht geizen. Geh in jeden Winkel, so dunkel er auch sein mag. Ich kontrolliere derweil den L-Schein.«

Achim verdreht die Augen. Am Anfang hatte er große Berührungsängste. Janine musste sich dann manchmal das Lachen verkneifen. Es kann ganz schön einschüchternd sein, wenn Gase entweichen und sie dann so furchtbar stöhnen. Wie in einem Horrorfilm. Aber über die Zeit machte Achim einen ruhigeren Eindruck, selbst der Anblick der Totenflecken und gelblichen Leichenblässe schien ihm kaum noch etwas auszumachen. Vielmehr würde er damit vor seinen Kumpels prahlen können, wenn er sie denn endlich wieder einmal sehen durfte. So aber hing jeder Elftklässler der Stadt bei einem Sondersozialpraktikum fest. Und wenn man mit der Bewerbung zu spät dran war, landete man eben beim Bestatter.

Normalerweise ist die Begutachtung des Leichenschauscheins für Janine immer eine spannende Sache. In ein kleines schwarzes Notizbuch schreibt sie die ganzen lateinischen Namen der Krankheiten und Gebrechen, und versucht, sie sich einzuprägen. Zum einen erinnert sie das an die paar Pflichtkurse in Medizin, die sie an einer Provinz-Uni an der Ostsee absitzen musste, und zum anderen hat sie eine Leidenschaft für komplizierte Wörter. Wenn sie mit dem Fahrrad zur Arbeit fährt oder ihrem Kater durch das samtige Fell bürstet, dann sagt sie die eckigen Silben immer wieder vor sich her, bis sie ganz abgeschliffen und rund ihren Mund verlassen können. Pulmonalarterienthrombembolie, Pseudohyperaldosteronismus, Catarrhalis febris. Jetzt weiß Janine meistens schon vorher, welche Todesursache in der Akte vermerkt ist. Immer öfter ist es dieselbe. Mit klammen Fingern geht sie die einzelnen Felder durch: Personalangaben, Identifikationsart, Ort und Zeitpunkt des Todes, Todesart und natürlich der leuchtend rote Warnhinweis. Alles ist vollständig. Sie klappt die Akte wieder zu und stellt sich hinter Achim, schaut ihm über die Schulter.

»Auch schön unter den Achseln, keinen Quadratzentimeter auslassen«, sagt sie.

»Die Gelenke sind aber noch so steif, ich komm nicht gut ran«, sagt Achim und zuckt seine Schultern, während er mit der kalten Hand der Toten winkt.

»Das ist ›rigor mortis‹, darüber hatten wir ja schon gesprochen. Die kannst du durch leichte Massagebewegungen ganz einfach brechen«, sagt Janine und knetet in kleinen Kreisen auf Oberarm und Schulter der Verstorbenen herum, beugt und streckt die Gelenke, und nach kurzer Zeit sind sie wieder voll beweglich. »So, jetzt kannst du weitermachen.«

Nach einer knappen halben Stunde ist der gesamte Körper der alten Dame mit Desinfektionsmittel eingerieben. Im ganzen Raum riecht es wie auf der Intensivstation eines Krankenhauses. So langsam machen sich die ungewohnten Bewegungen im Vollschutz bemerkbar und ihre Plastikvisiere laufen an wie die Scheiben eines überfüllten Schulbusses im Winter. Bei jedem Schritt rascheln die Schürzen und Papierhauben wie Blätter im Wind. Als nächstes holt Janine ein einfaches Laken aus ihrem Koffer, weißes grobes Leinen, und breitet es auf der Bahre aus. Sie zieht es glatt.

»Wir müssen sie jetzt hierauf legen. Gehst du an die Schultern? Dann nehme ich die Füße. Bei drei: eins, zwei...«

Mit einem Ruck heben sie den Leichnam an und legen ihn auf der bereitgestellten Bahre wieder ab. Das Desinfektionsmittel hat die tote Haut angegriffen und sie an manchen Stellen aufplatzen lassen. Es blutet nicht.

»Jetzt wickelst du sie ein. Genau wie ein Geschenk. Schön die eingeschlagenen Ecken unter den Kopf und die Füße schieben.«

»So?«, fragt Achim und faltet ein Ende des Lakens zu einer adretten Spitze.

»Genau. Und jetzt die andere Seite. Und wir desinfizieren noch einmal.«

»Nochmal? Muss das sein?«

»Ja, das muss sein. Aber diesmal kannst du das Desinfektionsmittel mit dem Zerstäuber großzügig aufsprühen.«

Sie muss niesen von dem ganzen Oxidator, der die Luft in dem engen Raum zusammendrückt und sich scharf auf ihre Schleimhäute legt.

»Gut. Und jetzt wickeln wir sie in Plastik ein. Du wieder die Schultern und ich die Füße.«

Ein weiteres Mal heben sie die Frau an und legen sie in dem gleichen Bett ab, in dem sie vor ein paar Stunden friedlich eingeschlafen war. Ein letztes Mal. Ob sie in dem Bett allerdings wirklich so friedlich geschlafen hatte, ist fraglich, denn die Matratze ist hart wie Stein und dünn wie Pappe. Janine wundert sich ein ums andere Mal, wie man in diesen Betten einen guten Lebensabend verbringen soll. Sie hat schon viele Menschen aus dem Altersheim abholen müssen, mittlerweile mehrmals am Tag, und kennt sich daher mit den Begebenheiten dort sehr gut aus. Auch die meisten Bewohnerinnen und Bewohner kennen Janine schon und winken ihr fröhlich zu, wenn sie ihr im Flur begegnen. Dabei verhält sie sich so diskret wie möglich, hält den Blick gesenkt und huscht durch die Gänge wie ihr eigener Schatten, um möglichst wenig Aufsehen zu erregen. Vor dem Frühstück wird sie meistens gerufen, zwischen vier Uhr dreißig und fünf Uhr dreißig. Damit ›die Sache‹ erledigt ist, bevor die Heimbewohnerinnen und -bewohner geweckt werden, und sie sich nicht erschrecken, wenn auf einmal ein Sarg am Speisesaal vorbeifährt. Aber die meisten kümmert das nicht. Der Tod ist hier sehr nah und sitzt immer mit am Tisch.

Knisternd ziehen sie den Verschluss der Plastikplane zu und Janine holt einen kleinen Staubsauger aus dem Koffer. Sie steckt die Einzelteile zusammen und rollt das Kabel aus.

»Siehst du hier irgendwo eine Steckdose?«, fragt sie und schaut sich suchend um.

Achim zeigt mit dem Daumen hinter sich in eine Ecke und Janine reckt sich über das Bett und steckt den Stecker ein. Die Düse schiebt sie in eine kleine, runde Öffnung im Plastik. Mit einem mächtigen Brausen saugt das Gerät nun langsam die Luft aus dem Leichensack. Achim formt die Hände zu einem Trichter und ruft:

»Das ist ja wie in der Dauerwerbesendung! Diese Vakuumbeutel für die Bettdecken!«

Er kichert, als das Plastik immer weiter um den Leichnam einschrumpft. Mit den Fingern prüft Janine sorgfältig, wie viel Platz noch ist. Sie seufzt. Vier Finger müssen es auf jeden Fall sein, hier geht es ja nicht ums Marinieren, sondern um schonendes Konservieren.

»Stimmt«, sagt sie, zieht die Düse mit einem lauten Schmatzen heraus und packt die Höllenmaschine wieder in den Koffer. »Dass ich mal eine Leiche einschweißen muss, hätte ich auch nicht gedacht. Komm, hol noch so ein Tuch und wir haben es fast geschafft.«

Das zweite Laken ist schnell gewickelt und eine letzte Schicht Desinfektionsmittel bedeckt die alte

Dame nun wie eine Wolke blumigen Parfüms auf dem Weg zu ihrer letzten Ruhe. Eine ganze Flasche brauchen sie fast für einen normalgroßen Körper. Korpulente Kunden benötigen das Doppelte. Immerhin haben sie nun genügend zur Verfügung. Am Anfang, als nicht nur das Toilettenpapier, sondern auch das Desinfektionsmittel knapp war, mussten sie die Leichname mit Kernseife regelrecht abschmirgeln. Das geht jetzt zum Glück einfacher.

»Holst du den Sarg aus dem Auto?«, gibt Janine Achim noch einen Auftrag und sieht ihm zu, wie er gemütlich aus dem Zimmer schlurft.

Alle Zeit der Welt haben die Jugendlichen und sie lassen es auch jeden wissen. Geradezu zynisch, bei einem Praktikum im Bestattungsinstitut. Dann setzt sie sich auf einen Stuhl in der Ecke. Sie würde sich gerne einen großen Becher Kaffee holen oder wenigstens die Müdigkeit und Anstrengung aus den Augen reiben, aber das ist mit Maske und Handschuhen nicht möglich. Man glaubt gar nicht, wie schwer es ist, das eigene Gesicht nicht anfassen zu dürfen. So schließt sie die juckenden Lider für ein paar Augenblicke und lehnt den Kopf erschöpft an die Wand. Ihr gegenüber hängt ein Kreuz an der gelb getünchten Raufasertapete, schief. Das Neonlicht flackert noch immer aufgeregt wie die Flügel eines Nachtfalters.

Die meisten der alten Menschen sterben nachts. Janine weiß, dass ›friedlich einschlafen‹ nur ein Märchen ist. Euphemismus. Ob die Menschen wirklich einschlafen oder ihren Tod bei vollem Bewusstsein mitbekommen und die Sekunden bis zum letzten Atemzug herunterzählen, kann niemand beantworten, der es nicht erlebt hat. Und die meisten Menschen im Altersheim sterben allein in ihren Betten. Am Morgen sieht es stets aus, als hätte der Tod sie im Schlaf überrascht, den Mund leicht geöffnet und die Hände ratlos an die Seiten gelegt. Sie ist da eher skeptisch. Aber vielleicht ist das genau die Hoffnung auf Seligkeit, die man den Menschen nicht nehmen darf.

Achim schiebt unter lautem Stöhnen einen einfachen Eichensarg auf einem Rollwagen hinein und lehnt sich dann außer Atem an das Holz.
»Schwerer als gedacht«, sagt er, von seinem Schutzvisier tropft der Schweiß.
Das Gefühl, wenn ein Sarg in den Raum geschoben wird, ist mit nichts zu vergleichen. Nichts erinnert Janine mehr an die eigene Sterblichkeit. Nicht das Einbalsamieren, nicht die trauernden Hinterbliebenen, keine Nachtschicht im Institut. Wenn der Sarg hereingeschoben wird, ist es vorbei. Endgültig. Einen Moment sammelt sie sich, dann steht sie auf und bringt die große Kiste in

Position. Es gab keine Absprache mit den Hinterbliebenen, kein Durchblättern der Kataloge oder Gestalten der Holzbretter durch die Enkelkinder. Schlicht, hellbraun, unbehandelt. Das ist wichtig und vereinfacht die Verbrennung später. Mit einem finalen Kraftakt heben sie die alte Dame in ihre letzte Einzimmerwohnung und verschließen den Deckel mit vier großen Klammern.

»Gibst du mir noch die Kreide aus dem Koffer, bitte?«, fragt Janine.

Mit einer schwungvollen Geste malt sie große Kreuze auf alle vier Seitenwände. Auch das gehört zum neuen Prozedere und jeder weiß, was es bedeutet.

X

Der Tag war sehr lang. Sie würden sich nicht für jeden Verstorbenen so viel Zeit nehmen können, auch wenn das aufwendige Prozedere unumgänglich ist. Die Überstunden zählt sie schon gar nicht mehr, als Chefin im eigenen Institut ist sie im Dauereinsatz. Nun ist sie endlich daheim. Kraftlos streift Janine ihren langen Mantel ab und wäscht sich im Bad die Hände mit Desinfektionsmittel. Nach zwei Mal *Happy Birthday* sind ihre Finger krebsrot und fühlen sich wund an. Dann hat sie es richtiggemacht. Sie legt ihre Kleidung ab und packt sie in einen großen Plastikbeutel, den sie luftdicht verschließt. Auf dem Weg zur Arbeit wird sie ihn bei der Spezialreinigung abgeben, auf ihren Bestellschein wird wieder dieses X gemalt. Plötzlich durchbricht ein lautes Kratzen ihre Gedanken, acht spitze Krallen machen sich hartnäckig am Lack der Badezimmertür zu schaffen. Mortimer hat Hunger. Seit Tagen muss er sich mit ein paar Brocken kargem Trockenfutter über Wasser halten, jetzt verlangt er nach saftigem Fleisch. Aber bevor sie ihn füttern oder auch nur streicheln darf, muss sie eine Dusche nehmen. Sich die Haare gründlich waschen, die Fingerzwischenräume, den Hals, auch hinter den Ohren. Alles, was potenziell mit der Luft in Berührung gekommen sein könnte, muss umgehend gesäubert werden. Ihre Haut ist schon ganz stumpf vom täglichen Schrubben und ihr Haar hat sie sich vor ein paar Wochen zu einem kurzen, pflegeleichten Bob schneiden lassen, als die Friseure noch geöffnet hatten. Das aggressive Hygieneshampoo hatte ihre langen Haare ausgetrocknet und die Enden gespalten wie reife Ähren. Sie rubbelt sich gründlich trocken von oben bis unten, das Handtuch kommt sofort in die Wäsche. Mortimer umschleicht ihre Beine und verteilt sein Fell auf ihrer noch nassen Haut. Ich mag dich, heißt das. Und: Gib mir endlich Futter, Sklave. Während er nun genüsslich seine ›Landlust in Gelee‹ schleckt, macht sie sich eine japanische Tütensuppe. Die geht schnell und macht satt. Es gibt genau sieben Sorten, die ihr schmecken, also hat sie Abwechslung für eine Woche. Und es bedeutet eine Entscheidung weniger, denn für die Essensauswahl hat sie im Moment keinen Kopf. Sie ist froh, einfach nur funktionieren und sich geregelten Abläufen hingeben zu können. So setzt sie sich vor den Fernseher, legt ihre Serie ein und schaut, während sie die Suppe löffelt, *Six Feet Under*. Ganz abschalten kann sie schon lange nicht mehr. Hauptsache keine Nachrichten, sonst kann sie wieder nicht schlafen und bekommt Schweißausbrüche. Janine legt sich auf die Seite und lässt das Fernsehgewitter auf sich hereinprasseln. Es tut gut, nicht denken zu müssen, sich nicht bewegen oder die eigenen Worte wiederholen zu müssen, weil man einen durch die Maske so schlecht versteht. Es liegen harte Monate hinter ihr, und vor ihr winden sich die Wochen als unbefestigte Straße aus Pflastersteinen. Sie verschwinden hinter einem krummen Hügel, das Ende kann sie noch nicht sehen, noch nicht einmal erahnen. Zu ihren Freundinnen hat sie schon lange keinen Kontakt mehr. Während die sich über Kurzarbeit und die schwierige Auftragslage beklagen, schafft Janine in Schichten, die nicht selten achtzehn Stunden dauern. Jeden Tag, rund um die Uhr, sieben Tage die Woche. Sie liebt ihren Job. ›Nichts ist so sicher, wie die Arbeit eines Bestatters‹, hatte ihr Großvater immer zu ihr gesagt und sie oft zur Arbeit mitgenommen. Schnell lernte sie die Namen der Flüssigkeiten zur Leichenkonservierung und konnte Aneurysmenhaken von Orbitoklasten unterscheiden, als handelte es sich dabei um bunte Förmchen zum Bauen von Sandburgen. So wie andere Kinder aus ihrer Klasse Medizin oder Jura studieren wollten, so sehr freute Janine sich seit ihrer Kindheit auf die Arbeit mit Leichen. Die kurzen, aber verpflichtenden Ausflüge ins Bestattungsrecht oder in die Medizin empfand sie dabei eher als lästig. Ihr lag nichts daran, die Leute zu heilen, sie wollte sie unter die Erde bringen. Dass das manchmal Hand in Hand geht, lernte sie erst später. Viele Jahre nach diesen Spieleinheiten in der damals noch neu gegründeten *Pietät Richter* liegt Janine Richter nun auf der Couch und spürt jeden einzelnen Knochen in ihrem Körper. Benennen könnte sie nicht mehr viele. Das muss sie aber auch nicht. Am Ende werden sie alle zu der gleichen Asche.

Mortimer hat sich vor ihrer Brust eingerollt und lässt sich gnädig über das kurze schwarze Fell streicheln.
»Na du, hast du das Frauchen heute vermisst?«, murmelt Janine, während sie ihre Hand in seiner Weichheit vergräbt.
Er antwortet mit einem Schnurren. Lange würde sie die Augen nicht mehr offenhalten können, es gibt nichts Beruhigenderes als das Schnurren einer Katze. Sie macht ein Licht an und setzt sich aufrecht, damit sie nicht ganz wegdriftet und morgen wie gerädert aufwacht, womöglich noch, ohne den Wecker gestellt zu haben. Sie drückt auf die Pausentaste und bringt ihren Suppenteller in die Küche, stellt ihn auf den Stapel mit den anderen Suppentellern. Bald würde sie aus Tassen essen müssen. Wenigstens ihre Pflanze gießt sie noch jeden Abend, eine wunderschöne fleischfressende Nepenthes, deren große Kannen sich um die Fliegen und Mücken in der Küche kümmern, wäh-

rend sie den ganzen Tag nicht da ist. So hilft man sich eben gegenseitig.

Da fällt ihr ein rotes Blinken ins Auge, aus dem Flur kommt es und vermeldet einen verpassten Anruf. Auch das noch. Für die Arbeit hat sie ein Diensthandy, ein neuer Klient kann es also nicht sein. Hoffentlich nicht ihr Bruder. So wie sie die Arbeit mit Menschen (und das, was davon übrigbleibt) liebt, so versteckt er sich tagein tagaus hinter seinen Bildschirmen, wo er für eine IT-Firma Programme zur Unterstützung von digitaler Kommunikation schreibt. Auch ein ziemlich sicherer Job im Moment. Beschweren tut er sich trotzdem über seine Kunden, er jammert und reibt sich auf und klagt seiner Schwester sein Leid. Janine muss auf viele Arten Trost spenden. Sie drückt auf das kleine Briefchen und öffnet den Kontakt des verpassten Anrufs. Es ist nicht ihr Bruder. Aber ihr Vater. Sie will das Telefon gerade wieder in die Station stecken, da fängt es an zu läuten, äußerst penetrant. Vor lauter Schreck drückt sie auf die grüne Taste.

»Richter?«, sagt sie ein wenig außer Atem.

»Hier auch, hallo Mäuschen.«

»Hallo Papa. Kann ich dich morgen anrufen? Ich bin hunde–«

»Man hört und sieht ja nichts mehr von dir,

Kind, was treibst du denn den ganzen Tag?«
Janine stockt einen Moment. Der Ton macht die Musik, aber in ihrem Kopf versucht ein Dreijähriger gerade, sich *Eine kleine Nachtmusik* auf der ungestimmten Geige beizubringen.

»Ich arbeite den ganzen Tag, Papa. Was meinst du, was bei uns los ist? Die Leichen stapeln sich, das Telefon klingelt ununterbrochen und ich weiß langsam nicht mehr, wo mir der Kopf steht.«

»Kommst du am Samstag mal vorbei? Deine Mutter backt Kuchen.«

»Ich schaff das nicht. Verstehst du, ich arbeite rund um die Uhr, komme nur noch zum Schlafen nach Hause und hab mich dabei vielleicht wer weiß wie oft schon infiziert. Mein Körper ist so erschöpft, der hätte es gar nicht mitbekommen, wenn er schon tot wäre! Den ganzen Tag renne ich hier im Vollschutz rum, mein Kater weiß schon gar nicht mehr wie ich bei Tageslicht aussehe.«

»Findest du nicht, du übertreibst? Also deine Tante Ellie hat letzte Woche beim Marktfrühstück gesagt, dass sie niemanden kennt, der es schon hatte. Wir haben dann gleich mal auf die gute Gesundheit angestoßen. Das schadet ja nie und desinfiziert von innen«, kichert ihr Vater. »Und so eine harmlose Grippe werden wir ja wohl noch überstehen können, oder?«

Mit Daumen und Zeigefinger nimmt Janine ihre Nasenwurzel in den Griff und massiert sich die schlechten Gedanken aus dem Kopf.

»Papa, ich kann nicht mehr. Ich muss Schluss machen. Bussi!«

»Bussi, mein Schatz, bis Samstag dann!«

In der Telefonleitung knackt es, das Gespräch ist vorbei. Ein paar Minuten steht Janine noch im dunklen Flur, der Hörer wiegt schwer in ihrer Hand. Mortimer springt an ihr vorbei und legt sich ins Waschbecken, das er komplett ausfüllt. Manchmal hat sie wirklich den Verdacht, dass Katzen flüssig sind und ihre Körper jeder Umgebung perfekt anpassen können. Nach ein paar tiefen Atemzügen schnarcht er auch schon und zuckt im Traum mit seinen Ohren. Sie muss ins Bett. In nicht einmal sechs Stunden würde der Wecker wieder klingeln und der Tag von vorn beginnen. Sie geht ins Wohnzimmer und macht klar Schiff. Kein Glas und keine Vase darf sie auf dem Tisch stehen lassen. Wenn Mortimer seine fünf Minuten hat, kann sie mitten in der Nacht die Scherben zusammenfegen. Sie macht den Fernseher aus und weiß genau, dass sie morgen Abend wieder genau dieselbe Folge *Six Feet Under* starten wird, weil sie die Augen nicht länger als ein paar Minuten würde offenhalten können. Irgendwie auch ein tröstlicher Gedanke. Dann legt sie ihre Kleidung für den morgigen Tag bereit: schwarze Jeans, schwarzer Rollkragenpullover, dezente Sportschuhe. In schmaleres Schuhwerk passen ihre geschwollenen Füße nicht mehr hinein. Daneben die Atemschutzmasken und Plastikvisiere. Papierkittel. Latexhandschuhe. Und eine neue Flasche Desinfektionsmittel. Erschöpft wirft Janine sich in die Kissen und will noch schnell den Wecker auf fünf Uhr dreißig stellen. Das Display zeigt eine Nachricht an, von Achim:

Gestern, 19:27

> Hallo Janine,
> ich kann morgen leider nicht zur Arbeit kommen. Mir tut der Rücken und der Kopf weh, irgendwie nimmt mich das alles mit. Ich geh zum Arzt und schicke Ihnen meine Krankmeldung. Vielleicht schaffe ich es ja auch, keine Ahnung. Tut mir leid. Achim

✓✓ Gesehen: 01:43 Uhr

weiße kreidekreuze

X

Der Morgen beginnt für Janine mit einem Abstecher ins Büro und einer großen Tasse Kaffee, schwarz wie die Nacht, die die Welt vor den Fenstern noch in ein schweres Tuch aus Samt hüllt. Kaffee ist das Einzige, was sie im Moment noch über den Tag rettet. Tasse um Tasse trinkt sie von der bitteren Brühe und mittlerweile müsste ihr Körper neben einem Blutkreislauf schon einen regelrechten Koffeinkreislauf eingerichtet haben. Während sie den Dienstplan überarbeitet und Achims Schichten für den heutigen Tag umverteilt, hört sie die Nachrichten auf dem Anrufbeantworter ab. Zwölf Stück, zwölf neue Aufträge. Zehn davon bedeuten weiße Kreidekreuze auf den Särgen, bedeuten doppelten Aufwand, doppelte Zeit. Bei einem Arbeitstag von acht Stunden geht diese Rechnung nicht auf. Leere Menge. Sie lässt die Stirn auf ihren Schreibtisch sinken. Rollt den Kopf einmal von der linken Schläfe zur rechten Schläfe und massiert sich dabei den Nacken. Es hilft ja alles nichts. Konnte sie sich vorher auf ihre Klienten einlassen, ihnen zuhören und aufrichtigen Trost spenden, fühlt sie sich nun, als scanne sie die Särge nur noch einen nach dem anderen ab, verkünde den Preis und händige am Ende einen Beleg aus: Bitte beehren Sie uns bald wieder, sammeln Sie Treuepunkte?

Die Eingangstür schlägt gegen die kleine Silberglocke, jemand betritt den Laden. Dann Schritte auf dem niederflorigen grauen Teppich. Hört sie nicht sogar ein Pfeifen? Ein kurzer Blick auf die Uhr und die Gewissheit, dass sie abgeschlossen hatte, versprechen jemanden aus dem Kollegium. Oder sie halluziniert schon wieder, vielleicht trinkt sie doch zu viel Kaffee. Den Kopf durch die Tür streckt schließlich Nadja und findet Janine noch immer auf dem Schreibtisch liegend vor.

»Guten Morgen!«, flötet sie und setzt sich ihrer Chefin mit entsprechendem Abstand gegenüber. Sie schlägt die Beine übereinander und schaut Janine mit offenen, freundlichen Augen an. Hätte die *Pietät Richter* ein Maskottchen, wäre es Nadja. Sie hat immer ein Lächeln auf den Lippen und gleicht mit ihren blonden Locken eher einem Engel denn einer Todesfee. So jemanden brauchen sie dringend zur Imagepflege. Jemanden, der nicht aussieht wie das jüngste Mitglied der *Addams Family*, davon gibt es freilich genug, Janine und ihre Augenringe eingeschlossen. Die Kunden jedenfalls lieben Nadja und so ist sie immer die erste Wahl, wenn es um die persönliche Beratung und das Gespräch mit den trauernden Familien geht. Auch wenn sie alle die Fortbildungen zur Trauerbegleitung absolviert haben, fällt es nicht jedem Bestatter leicht, sich auf die Kunden einzulassen. Der

Trick – und Nadja macht das ganz vorzüglich – ist meistens einfach schweigen, ein sanftes Kopfnicken und zuhören. Dann fühlen sich die Hinterbliebenen verstanden und es gibt vielleicht sogar die vergoldeten Sargbeschläge für Oma Heti. So haben alle etwas davon.

»Ich wüsste nicht, was an diesem Morgen gut sein soll«, murmelt Janine mit den Lippen an der Tischplatte. Mit einem Stöhnen richtet sie sich wieder auf. »Achim hat sich krankgemeldet.«

Nadja spielt mit einem der Zuckerpäckchen und lässt es durch ihre schmalen Finger wandern.

»Das dachte ich mir schon fast. Scheint mir nicht wirklich robust zu sein, der Kleine«, sagt sie. »Meinst du, er kommt überhaupt noch einmal wieder? Wäre ja nicht der Erste, der kneift.«

»Ich weiß es nicht«, sagt Janine mit einem Seufzen. »Aber ich hoffe es, denn wir können alle Hände gebrauchen. Selbst die zitternden. Du kriegst auch gleich einen neuen Dienstplan, ich muss hier ein bisschen was ummodeln.«

»Geht klar, Chefin. Hast du dir die Zahlen von heute Morgen angeschaut?«

»Nein«, schüttelt Janine den Kopf. »Die einzige Zahl, die für mich zählt, sind zwölf neue Leichen über Nacht. Zwölf. Das sind zwei für jede Stunde, die ich nicht hier war. Zwölf Särge, zwölf Grabfelder, zwölf Familien, die betreut werden müssen. Zwölf neue Leichen und unsere Kühlplätze betragen minus eins.«

»Minus eins?«

Nadja reißt das Papierpäckchen auf und schüttet sich den Zucker in den Mund. Mit einem zusammengekniffenen Auge kaut sie darauf herum und bewegt die süße Paste mit der Zunge umher. Es knirscht.

»Ein Sarg steht noch unten im Flur, es war einfach keine Kühlkammer frei. Stell dir mal vor, was im Sommer los wäre. Zum Glück ist es gerade noch so kalt draußen. Man taut den Gefrierschrank ja auch nicht im Juli ab.«

Sie schiebt Nadja den neuen Plan zu. Bunte Pfeile leuchten zwischen den Spalten wie Regenbogen. Die *Pietät Richter* arbeitet immer noch weitgehend auf Papier. Zwar hat jeder Mitarbeiter ein Diensthandy, aber der schnelle Blick auf eine ausgedruckte Liste wirkt vor den Kunden immer noch seriöser als das stumpfe Umherwischen auf einem Display. Es könnte ja auch *Candy Crush* sein.

»Wir müssen etwas tun, Nadja, deshalb bekommst du heute eine Spezialaufgabe. Wir brauchen Kühlmöglichkeiten und zwar dringend. Schau mal, ob wir die Trauerhalle runtergekühlt bekommen, die ist im Moment ohnehin nicht in Benutzung. Mit der Heizung hatten wir, glaube ich, auch gleich eine Klimaanlage einbauen lassen. Dann frag bei der örtlichen Eissporthalle nach, ob wir bei denen ein paar unterbringen können. Da müsste der Betrieb ja auch gerade stillstehen. Und als Dauerauftrag rufst du bitte bei unserem Bürgermeister Singer an und schilderst ihm die Lage. Jeden verdammten Tag ab jetzt.«

Nadja leckt sich die letzten Zuckerkrümel von der Fingerkuppe, nickt und sagt:

»Jeden Tag?«

»Jeden Tag. Gleich morgens um zehn, wenn er mit den Gedanken noch nicht ganz im Büro angekommen ist. Wir kommen nicht mehr zurecht und brauchen Unterstützung. Ist das ein Hilfeschrei? Ja, das ist es, und wenn nicht bald ein großer Kühllaster neben die Trauerhalle gefahren wird, dann müssen wir die Toten mit Schnee bedecken und hoffen, dass die Raben ihnen nicht die Augen auspicken.«

»Alles klar, ich werde Singers schlimmster Albtraum sein.« Nadja salutiert mit einem Grinsen. »Kann ich sonst noch was für dich tun?«

»Leite den neuen Dienstplan doch bitte an die anderen weiter. Vor allem Claudius muss gar nicht erst herkommen, sondern kann sich direkt mit dem Wagen auf den Weg zu *Haus Nikolaus* machen, da warten schon wieder acht Leichen auf ihn. Sag ihm, dass er den Kleintransporter nehmen soll, mit Einzelfahrten kommen wir nicht mehr hin. Und Vollschutz nicht vergessen!«, ruft sie ihr noch hinterher, als Nadja schon eifrig nickend auf dem Weg nach draußen ist. Die Silberglocke führt einen Tanz auf.

Janine trinkt ihren Kaffee aus und stellt die Tasse kopfüber in das Spülbecken. Sie stützt die Hände ab und besieht sich ihre tiefen Augenringe in der angelaufenen Spiegelfliese. Heute kein Kundenkontakt, hat Janine sich gedacht, heute keine Gespräche, Telefonate und Außeneinsätze. Sie übernimmt an diesem Tag die Schicht von Achim und macht, worum sich sonst keiner reißt, aber im Moment winkt ihr diese Arbeit als himmlische Fügung für ihren misanthropen Zustand. Sie wird ihre schwarze Kleidung gegen einen Kittel, lockeres Schuhwerk und feuerfeste Handschuhe eintauschen. Im Moment erscheint ihr das Krematorium wie der Himmel auf Erden. Allein mit einem Berg voll Arbeit.

X

Der Rauch steigt ihr in die Augen, legt sich wie trockene Sägespäne auf die Zunge und löst in ihrem Hals ein Kratzen und Husten aus. Selbst durch die Schutzkleidung dringen der Qualm und die Hitze und setzen sich in jeder Pore ihrer Haut ab. Nach all den Jahren hat sie sich noch immer nicht ganz daran gewöhnt, zumal sie die Schichten meistens so verteilt, dass Roman den Einäscherungsofen bedient, ihr ausgebildeter Kremationstechniker. Aber in diesen Zeiten der Dauerrotation besetzen sie die Stellen nach Bedarf und arbeiten rund um die Uhr, rund um die Pietät. So werden auch Fehler durch festgefahrene Routinen oder mangelnde Konzentration vermieden. Und Fehler sind in ihrem Metier ganz schlecht. Die hauptsächliche Arbeit mit Verstorbenen wird durch ihren reglosen Zustand nicht einfacher, im Gegenteil benötigt jede und jeder eine individuelle Vorbereitung und Zuwendung. Es ist zwar nicht gerade still so direkt neben dem Einäscherungsofen, aber immerhin betäubt der Lärm Janines Gedanken, die ihr Gehirn durchziehen wie ein lästiger Bandwurm. Das Kreischen der Maschine erinnert sie stets an einen voll beladenen Güterzug, der durch einen Tunnel rast.

Dreißig Verstorbene sind heute einzuäschern. An normalen Tagen landen fünf bis neun in ihrem Ofen. 1.400 °C. Sie brennen schon lange auf der höchsten Stufe. Etwas heißer noch als Lava. Das ist zwar nicht sehr schonend, dauert dafür aber nur rund anderthalb Stunden. Dadurch, dass sie zwei Brennkammern haben, können sie eine doppelte Belegung einplanen, aber dreißig Einäscherungen pro Tag sind nach jeder Rechenart das absolute Maximum. Dann kühlt der Ofen für kurze Zeit aus, wird gewartet, gereinigt und anschließend gleich wieder angeworfen. Schon zwei Mal ist der Kremationsofen ausgefallen. Überlastung. Seitdem ist der örtliche Techniker auf allen Diensthandys per Kurzwahltaste eingespeichert. Drei Vollzeitschichten kümmern sich nun pro Tag um die Einäscherungen, wo sonst ein normaler Arbeitstag für eine Person eingeplant war. Normal ist schon lange nichts mehr. Aus dem Kamin steigt somit rund um die Uhr dieser blassgraue, sich schlängelnde Rauch und gehört mittlerweile schon zum Stadtbild. Und wenn man ganz genau darauf achtet, riecht es im Unterdorf schon seit Wochen sehr dezent nach verkohltem Fichtensarg.

Die Amtsärztin war heute Früh schon dagewesen, hatte einen kurzen Blick auf die Verstorbenen geworfen und einen langen auf die Sterbeurkunden. Um dieses Prozedere kommen sie trotz allem nicht herum. Rasch werden die sicheren Todeszeichen abgeklappert: Der Hirntod wurde meist am

Sterbeort schon festgestellt, zudem Leichenflecken, Leichenstarre und mit dem Leben nicht zu vereinbarende Verletzungen wie Kopflosigkeit oder eindeutige Schussverletzungen. Allzu viel bewegt werden dürfen die Körper nicht mehr. Jede Erschütterung, selbst der kleinste Stoß, lässt noch etwas Luft aus der Lunge austreten, sodass Atemmasken und Handschuhe unter allen Umständen getragen werden müssen. Für einen kurzen Moment greifen die Leichen doch noch einmal nach den Lebenden. Deshalb werden die Särge mit dem weißen Kreuz meistens nur noch einmal kurz geöffnet, die Herzschrittmacher mit raschen Schnitten und Griffen entfernt, damit sie im Einäscherungsofen nicht explodieren, und dann wieder luftdicht verschlossen ins Krematorium geliefert. Keine Einbalsamierung, keine Aufbahrung, kein Abschied am offenen Sarg.

Janine drückt auf einen Knopf und öffnet die Klappe zur Brennkammer. Ein letzter Gruß, denkt sie bei sich in Vertretung für die Familie, die nicht dabei sein darf. Dann legt sie den Schamottstein oben auf den schmucklosen Sarg und lässt ihn langsam in die orangeglühende Kammer fahren. Die Klappe senkt sich wieder und innerhalb von neunzig Minuten ist es auch schon vorbei. Geboren werden dauert länger. Währenddessen kümmert sich Janine um die Überreste des Vorgängers, die nun schon unten im Auffangbecken liegen und gemahlen werden müssen. Das sieht der Gesetzgeber so vor. Möglichst fein, möglichst abstrakt, damit man nicht einmal auf die Idee kommen könnte, dass das gelblich weiße Pulver einmal Schädel und Schenkel und Schneidezähne eines lebendigen Menschen gewesen ist. Wie andere Kinder früher Sandkuchen auf Spielplätzen backten, so vergrub die kleine Janine ihre Hände manchmal in der warmen Asche, wenn der Großvater nicht hinsah. Nachdem sie sich aber an einem scharfen Knochensplitter einmal die ganze Handfläche aufgeschnitten hatte, verging ihr der Spaß daran. Vor dem Mahlen führt sie noch einen starken Magnet über die Knochenstücke. Es gongt einmal sehr laut, als ein künstliches Hüftgelenk nach oben schnellt und wie eine stumpfe Sense am Magnet baumeln bleibt. Sie pflückt das Metallteil ab und wirft es in eine Kiste auf dem Arbeitstisch. Straßenschilder werden einmal daraus oder Hammerköpfe.

Janine legt den Magnet beiseite und schaut auf die Arbeit, die noch vor ihr liegt. Besonders das Verteilen der Schamottsteine bereitet ihr immer großen Spaß. Eines der ersten Wörter in ihrem schwarzen Notizbuch. Schamottstein. Sie sind sehr wichtig, denn sie machen die unscheinbaren Eichensärge wieder einzigartig und geben den Verstorbenen ihre Identität zurück. Auf jedem der feuerfesten Steine ist eine Nummer eingestanzt und auf der Rückseite steht ›Pietät Richter‹. Ihr Großvater hatte einst ganz stolz die Nummer 1 verteilt an eine Frau mittleren Alters, die plötzlich einer Lungenembolie erlegen war. Mit einem Lächeln hat er immer daran zurückgedacht. Andere Leute hängen sich ihren ersten eingenommenen Dollar an die Wand. Jetzt verteilt Janine die Steine 12.457 bis 12.486. Normalerweise produzieren sie die Steine für ein ganzes Jahr vor, aber schon im Mai mussten sie neue anfertigen. Flach und rund wie Hundekuchen garantiert die Nummer auf dem Stein die richtige Zuordnung der Asche mit der Identität ihres Besitzers. Niemand wird vermischt, niemand falsch verbunden, auch das Verbranntwerden ist eine einsame Angelegenheit. Durch einen großen Trichter füllt Janine die Asche in die Urne, legt den Schamottstein obenauf und versiegelt das Gefäß mit einem dumpfen Schlag auf den Deckel. Noch der Prägestempel auf das Messing und schon sind die übrigen drei Kilogramm Mensch fertig zur Bestattung. Exhumierung nicht mehr möglich. Sie stellt die fertige Urne in ein Metallregal und macht sich auf den Weg in die Kühlhalle.

Die Särge stapeln sich in dem kleinen Raum mit den weißen Fliesen. Alle Schattierungen der Hölzer nebeneinander ergeben eine Fläche, die an das Muster eines bizarren Parketts erinnert. Auf den allermeisten prangt das weiße Kreidekreuz, alle sind mit Frischhaltefolie umwickelt. Janine läuft durch das Labyrinth aus Särgen, zu dreien, vieren stehen sie mehr als zwei Meter hoch übereinander bis knapp unter die Decke. Es ist duster, bis vor die hohen Kippfenster stapeln sich die Totenkisten. Aus dem benachbarten Getränkemarkt mussten sie sich einen Gabelstapler ausleihen. In Windeseile hat Roman dann die Lizenz zum Fahren solch eines Gefährts gemacht und ist der Einzige, der die oberen Särge nun bewegen darf. Wie beim *Tetris* ist jede abgebaute Reihe ein kleiner Erfolg. Manchmal hofft Janine, dass die Rakete sie mit auf den Mond nehmen würde. Wie oft war es schon ein großes Glück gewesen, dass die Pietät, am Anfang noch konkurrenzlos in der Stadt, so schnell gewachsen ist und ihre Mutter ganz unüblich neben dem Institut noch ein eigenes Krematorium hatte bauen können. Die meisten Bestattungsinstitute haben nichts als einen Schauraum, einen Trauersaal und die Büros. Ein eigenes Krematorium verwalten zu können ist ungewöhnlich, aber gerade in der jetzigen Zeit unheimlich lohnend, da es Kosten und Wege erspart. Und durch das Angebot, Leichen von externen Häusern einzuäschern, springt auch noch ein kleines Zubrot dabei heraus. Wobei es an Umsatz gerade gewiss nicht mangelt.

Janine zählt mit dem Finger die Särge ab. Neunzig sind es im Moment, in einem Raum, der ausgelegt ist für sechzig. Weitere einhundertzehn warten im Stadtgebiet auf ein kühles Plätzchen bis sie an der Reihe sind. In ihrer Hosentasche vibriert das Diensthandy und eine Nachricht von Nadja erscheint:

Heute, 11:22

> Chefin, die Trauerhalle und Eissportarena gehen klar. Letztere sogar mietfrei. Der alte Singer zeigt sich verständnisvoll und macht Versprechungen. Bei rumgekommen ist aber noch nichts. Wahlkampf halt. Ich bleib an dem dran! Ciao, N.

✓✓ Gesehen: 11:23 Uhr

Für einen Moment kann Janine gut atmen und die Last der Leichen ist nicht mehr ganz so erdrückend. Nadja legt wie immer ein perfektes Timing an den Tag. Sie schickt einen ›Daumen hoch‹ zurück und macht gedanklich einen Haken an die Sache. Damit wäre dieses Teilproblem schon mal gelöst und wer würde nicht gerne seine letzten Stunden über der Erde auf einem Eishockeyfeld verbringen. Ist der Tod auf seine Art nicht auch ein ewiges Penaltyschießen? Mit der flachen Hand klopft sie auf den Fichtensarg nächstens zur Tür und schiebt ihn auf einem Rollbrett in die Brennhalle. Gerade als sie den aufgebockten Sarg mit der Hebebühne nach oben fahren will, klingelt es mit einem gedämpften ›Westminsterschlag‹ an der Tür. Janine eilt ins Foyer und hofft inständig, dass es keine Angehörigen sind, die trotz der Verbote auch nur ganz kurz ein allerletztes Adieu sagen wollen und sich dann doch ohne jeglichen Schutz über den Sarg werfen, dessen Virenlast immer noch unklar ist. Aber es ist Claudius, der in einigem Abstand entfernt steht und durch die Glastür winkt. Sie schließt auf.

»Moin Janine. Ich hab Nachschub«, sagt Claudius und sie kann nicht erkennen, ob er den Mund zu einem spröden Riss oder einem hilflosen Lächeln unter der medizinischen Maske verzogen hat.

Wahrscheinlich eine Mischung aus beidem. Aber seine Stimme ist wie immer Balsam und legt sich beruhigend auf jeden blankliegenden Nerv. Bestimmt hängt das mit seiner norddeutschen Gemütlichkeit zusammen.

»Ach, ohje. Wie viele sind es denn insgesamt?«

»Sechzehn«, sagt er mit eindeutig entschuldigendem Blick. »Davon acht aus *Haus Nikolaus*.«
Wie er da so steht in seiner schwarzen Latzhose und dem gestreiften Hemd, könnte er auch ein sehr morbider Bauer sein, der von einer gewaltigen Missernte berichtet.

»Alles Bewohner?«

»Ein Pfleger ist dabei. Der hatte wohl aber auch Vorerkrankungen.«

Er steckt die Hände in die Hosentaschen und bläst ein paar Atemwölkchen an der Maske vorbei, den Kopf hält er dabei seitlich. Die Kälte lässt sie zu kleinen Atompilzen erstarren, vielleicht sind sie ebenso gefährlich. Auf den ersten Blick könnte man meinen, dass Claudius etwas langsam ist, dabei legt er nur auf jedes Wort und jede Geste sehr viel Gewicht und tut oder sagt selten etwas Unbedachtes. Janine nickt verständnisvoll. Dann schaut sie auf die Armbanduhr.

»Vier passen in deinen Sprinter. Wann kommen die anderen drei Wagen?«

»Zwei müssten jeden Moment da sein. Sind alles Kollegen aus dem Umkreis«, sagt Claudius und lehnt sich an die Motorhaube des schwarzen Kastenwagens. »Und ich mache mich gleich noch auf den Weg, um die restlichen vier aus *Haus Nikolaus* zu holen. So langsam fühle ich mich schon wie einer dieser armen Paketfahrer,

der die Päckchen aus Zeitgründen irgendwann einfach nur noch über den Zaun wirft.« Er zuckt mit den Schultern. »Aber quittieren musst du mir den ersten Schwung hier trotzdem noch.«
Aus der Brusttasche kramt er einen zusammengefalteten Zettel und hält ihn Janine zusammen mit einem Kugelschreiber hin. Sie unterzeichnet, auch wenn die Tinte auf halber Strecke beinahe versagt.

»Die Firma dankt«, sagt Claudius und dann, nach einem Zögern: »Wie geht's dir? Ist alles gut soweit?«

Es gibt keine richtige Antwort auf solch eine Frage. ›Ja‹ ist mit Sicherheit die falsche Antwort und käme einer Lüge gleich. Die eisige Kälte verwässert ihren Blick und sie schaut nach oben zum Himmel und zu den Wolken, die vom Wind immer weitergetrieben werden. Ein paar Vögel steigen auf und fliegen fort. Fliegt, fliegt in den Süden, wo es warm ist! Sie ringt mit den Händen als drücke sie ein tropfnasses Handtuch vor der Brust aus. Vielleicht ist das die Antwort. Vielleicht genügt das. Er zieht sich die Maske von der Nase, sodass sie sein Gesicht sehen kann. Er versucht sich an einem Lächeln.

»Sag Bescheid, wenn ich etwas tun kann. Für dich.«

Sie nickt. Dann lädt er stumm die Särge aus und stellt sie auf kleinen Rollbrettern ins Foyer, setzt sich in den Sprinter und fährt die gewundene Straße hinaus in die Stadt.

Janine schaut dem Auto noch eine Weile nach. Dem Aberglauben nach bedeutet die Sichtung eines Leichenwagens den Tod eines Familienmitglieds oder Bekannten. Mittlerweile fahren so viele der schwarzen, kastigen Autos über die engkurvigen Straßen zum Krematorium, dass sie schon längst zum Stadtbild gehören. Beinahe täglich fährt man hinter einem her oder biegt vor einem ab oder hupt erbost, wenn wieder einmal einer sich die Vorfahrt klaut. Würde der Aberglaube stimmen, dann würden ziemliche viele Leute gerade wie durch eine Kettenreaktion sterben müssen. Ironischerweise. Aber Janine ist nicht abergläubisch, auch wenn sie nicht an Zufälle glaubt. Außerdem sieht sie jeden Tag mehr Leichenwagen als sie insgesamt Bekanntschaften hat. In der Ferne kann sie schon den nächsten Sprinteraufbau erblicken, wenig später folgt die schwarz lackierte Karosserie. Dahinter noch eine. Sie tuckern durch die Landschaft wie zwei schwarze Lackschnecken. Vorsichtig, es gibt nichts Schlimmeres als mit solch einem Wagen in einen Unfall verwickelt zu sein. Vor allem die Feststellung der beteiligten Personen würde eine große Herausforderung darstellen. Deshalb hat Janine ihr

Team extra auf eine Schulung geschickt, die besonders degressives und achtsames Fahren vermitteln sollte, denn auch der Transport von ehemals lebendigem Gut erfordert ein gewisses Maß an Geschick. Zumal Unauffälligkeit die größte Tugend ist, denn lautes Hupen oder gar eindeutige, unflätige Handsignale sind auf gar keinen Fall angebracht für einen Leichenwagenfahrer. Gemächlich fahren die beiden Autos auf den Parkplatz ein, gefolgt von Claudius, der schon wieder mit neuer Fracht am Horizont erscheint. Normalerweise gibt es beim Ausladen der Särge keine Wartezeit. Nun zündet sich der Fahrer des zweiten Fahrzeugs noch eine Zigarette an, tippt einige Nachrichten auf sein Handy und wartet zusammen mit Claudius in gebührendem Abstand auf die Entladung des ersten Autos. Janine bindet sich die Schuhe neu und dirigiert den ihr unbekannten Fahrer aus einem anderen Bezirk. In den Flur soll er sie stellen, eine andere Möglichkeit gibt es im Moment nicht. Ganz eng an die gefliesten Wände. Dann zeichnet sie seinen Lieferschein ab. So macht sie es auch bei Fahrer zwei und bei Claudius, der sich anschließend auf den Weg zur ersten Trauerfeier des noch jungen Tages macht. Der Friedhof ist direkt angrenzend und über einen Kiesweg zu Fuß zu erreichen. Janine schiebt sich durch den engen Flur. Er ist nur noch im Seitschritt zu durchqueren, so wenig Platz lassen die aufgetürmten Särge rechts und links. An den Brandschutz denkt hier niemand mehr.

X

Ich steige auf einen hohen Baum. Mit nackten Füßen klammere ich mich an der Borke fest und ziehe mich nach oben. Ast für Ast. Es knackt. Meine Finger umklammern das spröde Holz, prüfen immer wieder, ob es mich aushält, ob ich nicht zu schwer bin. An den Spitzen explodieren die Knospen, ein betörender Duft lässt mich schwindeln. Hoch und höher ziehe ich mich, die Grashalme dort unten werden immer kleiner und verschmelzen schließlich zu einem glatten Teppich aus Grün. Plötzlich kitzelt etwas an meinen Zehen, zählt sie ab von eins bis zehn, und umschließt meine Knöchel mit festem, kühlem Griff. So wie ich den Baum hinaufklettere, klettern Ranken an meinem Rückgrat empor und nehmen mich in ihren fleischig-pflanzigen Griff. Sie legen sich um meinen Mund, auf meine Brust und ziehen mich hinauf bis knapp unter die Baumkrone, wo sie mich auf einem dicken Ast absetzen. Aber loslassen tun sie mich nicht. Das Atmen fällt mir schwer, obwohl die Luft hier oben besser sein sollte. Ich merke, wie sich meine Pupillen von Stecknadelköpfen zu Blumenübertöpfen weiten, ob aus Atemnot oder Höhenangst kann ich nicht genau sagen. Da fängt es leise an zu summen, es surrt wie durchdrehende Rotorblätter und legt sich in akustischen Sprungfedern auf meine Ohren. Ein in Dreiecksformation fliegender Schwarm Barsche saust durch die Blätter, grast im Fliegen nach den saftigen Stängeln und reißt sie ab. Ganz außer Puste lässt sich dabei ein Küken neben mir auf den Ast nieder. Seine metallic-blauen Schuppen brechen das Sonnenlicht zu kleinen Regenbogen in allen Farben des Meeres. Ich lächle und will ihm mit einer Fingerspitze über den Kopf streicheln, aber jede Bewegung zurrt die Ranken nur noch fester um meine Gelenke. Stattdessen hüpft es neugierig ein paar Zentimeter auf mich zu, öffnet und schließt den Mund mit einem Blubbern. ›Hallo, kleiner Freund!‹, sage ich, aber es versteht mich nicht, legt nur den Kopf schief und glupscht mich an. Ein aggressiver Windstoß schüttelt die Blätter durch und zieht an seinen fedrigen Flossen. Die leuchtenden Farben verblassen um mich herum, Technicolor wird zu Grau, und über dem Baum türmen sich die Wolken auf, brechen als hohe Flutwellen übereinander her. Sie formen lange Finger und Gelenke und reichen sich die Hände. Berührungen. Zwischen den Kuppen springen Blitze hin und her, laden die Luft auf, meine Haare stehen zu Berge und der kleine fliegende Fisch sucht in einem Astloch Unterschlupf. Den massiven Wolkenhänden entwachsen Arme, werden immer länger, sie breiten sich aus und greifen nach mir, kommen näher und näher, es gibt allmählich keinen Abstand mehr, und grapschen mir schließlich feucht ins Gesicht, das vor eisig-klammer Kälte ganz erstarrt und die Augäpfel tief in die Höhlen hineinzieht. Umarmungen. Mit einem Ruck lassen mich die Ranken los und hinterlassen Brandstreifen auf meiner Haut. Sie surren zurück in die Erde, ganz nah bei den Wurzeln, und ich sitze auf diesem Ast und der Ast, der gibt nach, und ich stürze kopfüber mit rudernden Armen, bis harter Asphalt meinen Fall unsanft bremst, der das Gras von vorhin nun überdeckt. Stein. Schlag. Kraft. Alles wirkt auf meinen Körper ein und ich sehe gerade noch, wie sich eine rote Schleife aus Blut um meinen Schädel bindet, bevor ich endlich das Bewusstsein verliere. Mein Kreislauf sackt zusammen wie ein abstürzender Aufzug im Kellergeschoss aufschlägt. Es hätte auch nichts gebracht, im allerletzten Moment einen kleinen Hüpfer zu machen, das ist ein Ammenmärchen, ein Absturz mit dem Aufzug bedeutet den Tod. Sicher. Mein Bewusstsein aber steigt auf und hoch hinaus und ich sehe die ganze Szenerie von oben. Plötzlich liege ich mitten auf einer belebten Straßenkreuzung, ein Waschbär schnüffelt an meinem Fuß und gelbe Taxis hupen, dass ich doch endlich von der Straße verschwinden soll, warum ich denn den ganzen Verkehr aufhalte, das ist ja wohl unerhört. Da springt der Kofferraum eines Taxis auf, ein grauhaariger Mann mit einem charmanten Lächeln setzt einen Fuß auf die Straße, steigt zur Hälfte aus. Mit einer übergroßen schwarzen Ledertasche und einem runden Stirnspiegel eilt George Clooney herbei, schüttelt die Faust Richtung Gott und ruft:

»Lasst mich durch, ich bin Arzt!«

Er fällt auf die Knie und reißt meine Bluse auf. Mein über allem schwebender Geist errötet und das durchsichtige Plasma färbt sich zartrosa. G-gong. G-gong. G-gong. George legt seine Hände auf meine Brust, wirft noch einen dramatischen Blick gen Himmel, presst dann rhythmisch mein Brustbein Richtung Wirbelsäule und singt dabei leise *Stayin' Alive* vor sich hin:

»Feel the city breakin'
and everybody shakin'
And we're stayin' alive, stayin' alive.«

Nach einer guten Minute packt er mich bei der Nase, beugt meinen Kopf in den Nacken und drückt seine warmen Lippen auf meine. Ich schnappe tief nach Luft und wache in diesem Moment mit einem Keuchen auf. Verdammt.

Mortimer steht auf Janines Brust, tretelt mit festen Pfötchen darauf herum und bläst ihr seinen fischigen Atem direkt ins Gesicht. Seinen schlanken Schwanz hat er um ihr Handgelenk geschlungen. Er ist ungehalten. Er hat Hunger. Sanft, aber bestimmt schiebt Janine den Kater beiseite und rollt sich auf die Kante der Couch. Mit auf den Knien aufgestützten Ellenbogen sammelt sie sich einen Moment, ihre Augen gewöhnen sich nur langsam an die von fahlem Mondlicht beschienene Umgebung. Sie ist im Wohnzimmer. Es ist vier Uhr morgens, sagt die Uhr auf ihrem Display.

›Miau‹, sagt Mortimer und legt ihr eine Pfote auf die Schulter.

Er vergräbt eine Kralle in der Wolle ihres durchgeschwitzten Pullovers und zieht sie ein Stück zu sich herunter. Alles andere befindet sich in der Wäsche oder der Reinigung.

›Miau, Futter, sofort‹, motzt er ihr ins Ohr und schnurrt dabei zornig.

»Ja, ja. Ich komm ja schon«, sagt sie und sucht in den Couchritzen nach der Fernbedienung.

Dass sie bei dem schwachen Licht überhaupt schlafen konnte. Normalerweise genügt schon das zaghafte Leuchten ihres Routers und sie ist hellwach für eine lange Zeit. Sie wird fündig und schaltet das Gerät aus, es geht dankbar in den Ruhemodus. Völlig erschlagen schlurft sie in die Küche und sucht nach etwas Essbarem für den Kater, der ihr schon ungeduldig und äußerst präzise immer wieder den Laufweg abschneidet. Seit Tagen ist ihr schon das Katzenfutter ausgegangen, aber sie weiß beim besten Willen nicht, wann sie einkaufen soll. Vor oder nach der Arbeit haben die Geschäfte zu, die seltenen Pausen reichen gerade einmal zum Kaffeekochen. Das Kaffeetrinken ist noch einmal eine ganz andere Sache. Im Kühlschrank finden sich noch ein paar Scheiben Hähnchenbrust mit eingetrockneten Rändern. Sie zerteilt die Wurst und erwärmt sie für einen Moment in der Mikrowelle. Bloß nicht zu warm, aber auch nicht zu kalt, da ist der Herr sehr eigen. Dann kredenzt sie Mortimer das Mahl und sieht aus trüben Augen dabei zu, wie er gnädig daran schnuppert.

Mit einer schweißnassen Handfläche fährt sie sich über Stirn und Augen, lehnt sich an die Küchenanrichte. Mit dem Oberschenkel schiebt sie einige benutzte Teller und verkrustete Töpfe beiseite. Diese Träume. Ständig. In ihren Nächten tanzen Schlaflosigkeit und Fieberträume über einen blanken Spiegel. Wenn sie dann ausnahmsweise in einen guten Schlaf zu sinken glaubt, klingelt ihr Diensthandy und der nächste Verstorbene will abgeholt werden. Die machen das absichtlich, denkt sie sich oft dabei und schält sich dann aus der Bettdecke, um sich vom scharfzahnigen Maul der Nacht verschlucken zu lassen. Mortimer schmatzt, immerhin frisst er. Das laute, saugende Geräusch sticht ihr in die Augen wie zwei glühend heiße Messer.

Die Hand versunken an einer Wange knipst Janine das Licht in der Küche aus und schleppt sich ins Schlafzimmer, ihr Bett noch kühl und unberührt. Vier Uhr dreißig ist es nun schon. In einer Stunde klingelt der Wecker. Die sechzig Minuten Schlaf lohnen die Energie des Umziehens nicht und so bleibt sie in Jeans und Wollpullover auf der Bettkante sitzen und wartet. Auf die Toten. Auf die Lebenden. Darauf, dass eins zum anderen kommt. Worauf soll sie überhaupt noch warten? Warum noch länger?

Sie streckt die Beine vor sich aus, ihre Zehen schauen durch Löcher aus den Strümpfen. Es scheint ganz still in dem Zimmer und in ihrer Wohnung. Große, kugelige Wollmäuse rollen im Flur vorbei, die Fenster sind nicht sehr dicht. Es zieht und pfeift. Die ganze verdammte Nacht. Was sie nicht sehen kann, kann sie besser hören und im Moment ist es nur das Schnurren von Mortimer aus dem Badezimmer. Aber in den einzelnen Wohnungen gibt es doch Bewegung, mehr als man denkt, und Janine sammelt mit angehaltenem Atem die Geräusche ein:

X Eine Tür im Treppenhaus schwingt quietschend auf, langsam, genüsslich, ganz nach dem Geschmack eines Horrorfilmregisseurs.

X   Irgendwo schreit ein Baby.
X   Im Erdgeschoss klingelt jemand an der Tür. Der Summer springt an und stapfende Schritte gehen bis in den ersten Stock, wo sie mit einem Kussgeräusch begrüßt werden.
X   Aus der Nachbarwohnung dringen Schüsse. Sirenen heulen und ein spitzer Schrei ertönt. Der alte Herr Nachbar hat eine Vorliebe für ›Noir-Filme‹. Er hört allerdings auch schlecht und schläft oft vor dem laufenden Fernseher ein.
X   Eine Mutter schreit ihren Sohn an, er solle nicht die ganze Nacht am Handy kleben und lieber seine Hausaufgaben machen. Man kann beinahe jedes Wort durch das Treppenhaus verstehen.
X   Ganze Arabica-Bohnen werden fein gemahlen, damit sie ihr vollmundiges Aroma entfalten – und es hört sich genauso an wie die Knochenmühle des Krematoriums.
X   Ein Rauschen fließt durch die verrohrten Wände in Badezimmernähe, jemand nimmt eine heiße Dusche. Dabei singt er leise ein Lied von *Cher*.
X   Im dritten Stock winselt ein Hund. Die kleine Dackeldame ist schon sehr alt und wird von ihrem Frauchen immer die Treppen hinaufgetragen. Nachts weiß sie oft nicht mehr,

wo sie ist, vielleicht leidet sie an Alzheimer. Gegen Mortimer hätte sie keine Chance.

X Eine Tür wird zugeschlagen und Absätze klackern durchs Treppenhaus nach draußen auf die regennasse Straße.

Der Wecker klingelt, aber Janine ist noch wach und sitzt mit offenen Augen auf der Bettkante. Den großen Schlaf schlafen heute andere für sie.

X

»Sie verstehen mich nicht! Ich möchte gefälligst mit Ihrem Vorgesetzten sprechen!«
Schwarze Lackschuhe klopfen ungeduldig auf das Gras und stören den Schlaf der Regenwürmer und der Toten. Zwei glühende Kohlen werfen Blitze auf ihr Gegenüber. Die Lippen sind zusammengezogen wie zwei vertrocknete Schnecken und genau diese Beobachtung ist Teil des Problems. Die Lippen sollten eigentlich nicht zu sehen sein, ebensowenig wie das Kinn und die Nase, die sich jetzt kräuselnd in Falten legt. Janine geht im Kopf die Techniken durch, die sie in einem Jahre zurückliegenden Deeskalationskurs gelernt hat: Verständnis zeigen, Beruhigen, Entgegenkommen. Aber es ist schwer, so schwer.

»Frau Arnold, ich verstehe, dass Sie aufgewühlt sind. Diese Zeiten sind gerade sehr bitter.«
Gut macht sie das, ihre Stimme ist ein ruhiger See, auf dem sich die Sonne spiegelt, während sich im Hintergrund ihrer Worte Berge und Mischwälder ansiedeln.

»Und wie sie das sind – Sie haben ja keine Ahnung!«
Frau Arnold schnäuzt sich in ein schwarz umhäkeltes Taschentuch. Ein Steinchen wirft sie in den See. Zarte Wellen brechen sich am Ufer.

»Für uns alle. Und besonders natürlich für Sie in dieser dunklen Stunde«, beeilt Janine sich hinzuzufügen. »Aber ich muss Sie und Ihre

> Gäste wirklich bitten, diese minimalen Rahmenbedingungen einzuhalten. Darüber hatten Sie doch mit meiner Kollegin Nadja Grunert gesprochen.«
>
> »Ich dachte, das wäre die Praktikantin und sie wüsste nicht, was sie da von sich gibt! Wissen Sie eigentlich, wie viel ich für die Urne bei Ihnen bezahlt habe? Wo ist Ihr Chef, verdammt?!«

Eine Wagenladung Kies rattert in den See. Es schäumt, es brodelt und es dampft. Nun ist es an Janine, sich selbst zu beruhigen und Verständnis für ihre eigene Position aufzubringen.

> »Ich bin die Chefin, Frau Arnold. Sie sprechen bereits mit der Vorsitzenden der *Pietät Richter*. Vielleicht habe ich mich nicht ausreichend vorgestellt: Janine Richter ist mein Name.«

Sie deutet eine leichte Verbeugung an, etwas weniger respektvoll als sie es bei den Verstorbenen nun zu tun pflegt. Frau Arnold schiebt die Augenbrauen unter die festgesprayten grauen Locken. Ihr Hütchen mit dem schwarzen Netzbesatz hebt sich ein paar Zentimeter.

> »Sie?!«, fragt sie ungläubig, ohne ihre Skepsis auch nur eine Spur zu verbergen. »Bei der Beisetzung meiner Mutter hatte ich aber immer mit einem charmanten älteren Herren zu tun gehabt. Groß war er, mit weißen Haaren und

einer ganz außerordentlich modischen Brille. Den möchte ich sprechen.«
›Modisch im Jahr 1973 vielleicht‹, denkt Janine an dieses speziell getönte Modell mit dem überbauten Nasensteg und sagt:
»Das ist leider nicht möglich–«
»Und warum nicht, bitteschön?«
Ungeduldig verschränkt Frau Arnold die Arme vor der Brust und verlagert ihr Gewicht auf die andere Hüfte. Vielleicht schmerzt die eine Seite von einer vorangegangenen Hüftoperation.
»Er ist tot«, sagt Janine mit einem Tonfall trockener als Knochenasche. »Mein Großvater ist schon seit über zehn Jahren tot. Ich kann Ihren Unmut wirklich gut verstehen, aber wir müssen uns alle arrangieren. Tun Sie mir den Gefallen und setzen Sie bitte die Maske auf?«
Der versöhnliche Tonfall ist immer der letzte Schritt und Janine wird sich so schnell wie möglich duschen müssen, so sehr klebt er an ihr.
»Sie können mich nicht zwingen. Ich kenne meine Rechte!«, bäumt sich Frau Arnold noch einmal auf wie ein Pferd, dem man mit Worten die dornigen Sporen in die Flanke getrieben hat.
Sie schüttelt den Kopf, ballt die Hände zu Fäusten und schnaubt aus, was Janine dazu veranlasst, noch einen halben Schritt zurückzutreten. Sicher ist sicher.

»Das stimmt, zwingen kann ich Sie nicht. Aber ich kann die Polizei rufen und Sie von der Trauerfeier ausschließen lassen. Sind Sie sicher, dass das Herr Arnold so gewollt hätte?«

Insgeheim glaubt Janine ja die Antwort zu kennen und muss sich unter großer Anstrengung ein Lächeln verkneifen bei dem Gedanken an den alten Herren auf seiner Wolke, wo er endlich einmal seine Ruhe hat nach über sechzig Ehejahren. Wobei. Sie lächelt einfach unmerklich. So eine Maske hat definitiv auch ihre Vorteile.

Ein paar Mal schnappt Frau Arnold noch nach Luft. Auf und zu klappt quietschend ihr Mund, aber bis auf ein paar Speichelfäden verlässt nichts ihre Lippen. Da legt sich ein schwarzer Lederhandschuh auf ihre Schulter und drückt liebevoll zu. Dramatisch schmiegt sie ihre Wange daran und schluchzt leise vor sich hin.

»Komm schon, Mama. Es ist ja nur für kurze Zeit.« Und Janine atmet einmal tief durch. ›Schlafschafe‹, hört sie die alte Frau noch giftig murmeln, aber immerhin tut sie das nun durch eine Maske.

Das sind die schlimmsten Gespräche und sie kommen immer häufiger vor. Trauernde befinden sich in einem absoluten Chaos. Sie sind im Zentrum des Sturms und alles bricht über sie herein und wird vor ihren Augen durch die Luft gewirbelt. Gleichzeitig ziehen sie die Leute um sich herum magnetisch an und wollen die Aufmerksamkeit, brauchen die Hilfe, auch wenn sie sie anfangs oft wieder von sich stoßen. Die unbewegten Beweger. Das Problem allerdings ist, dass die Kontrolle und vermeintliche Normalität, nach der sich die Hinterbliebenen nur Minuten nach dem eingetretenen Tod einer geliebten Person so sehr zurücksehnen, zwar durch kleine, überschaubare Aufgaben wiederhergestellt zu sein scheinen, die Realität aber noch weit entfernt ist. Nadja macht das immer sehr geschickt, indem sie ihre Kunden bittet, etwa die Farbe der Urne auszusuchen. Oder fragt, welches Bild auf die Trauerkärtchen gedruckt werden soll. Ob überhaupt? ›Du musst ihnen was zu tun geben, irgendetwas, und sie fühlen sich gleich besser‹, sagt sie immer. Kommt aber nun zu diesem persönlichen Ausnahmezustand noch ein äußerer Ausnahmezustand hinzu, der nach seinen eigenen Regeln und Bestimmungen arbeitet, braucht es nicht mehr als einen kleinen Flügelschlag und der Sturm reißt einen mit und davon.

Janine geleitet die geknickte und besiegte Frau Arnold mit ihrem Sohn zu den Plätzen in der vordersten Reihe. Die Masken stolz und gerissen einen Tick zu tief unter den Nasen. Es ist erst vorbei, wenn es vorbei ist, hat Rocky schon gesagt.

Seit einer Weile bieten sie nur noch Open Air-Trauerfeiern an. Die Trauerhalle ist geschlossen, aktuell stapeln sich durch die erfolgreiche Herunterkühlung ja auch dort die Leichen. Deshalb haben sie vor der Halle einen kleinen Pavillon aufgebaut und fünf mal zwei Stühle in gebührendem Abstand zueinander verteilt. Eine 4-2-4-Formation würde man beim Fußball wohl sagen. Beim Eingang des Pavillons liegen zwei Bücher aus: ein Kondolenzbuch und ein Kontaktnachverfolgungsbuch, in das sich jeder mit Namen, Adresse und Telefonnummer eintragen muss. Da ohnehin nur Angehörige ersten Grades zugelassen sind, sollten sich alle Anwesenden untereinander kennen, sodass es mit dem Datenschutz nicht ganz so genau genommen werden muss. Roman hatte aber von einer Beisetzung kürzlich erzählt, bei der die Schwester des Verstorbenen heimlich die Adressen ihrer Nichten und Neffen abfotografieren wollte, durch den Blitz aber aufflog. ›Ich hätte Erwin beinahe bitten müssen, noch ein Grabloch auszuheben, so sehr haben die sich gezofft!‹, hatte er lachend am Abend bei einer Teamsitzung erzählt. Wenn die Familienmitglieder schon vorher nicht miteinander geredet hatten, wurde es durch die penetrante Neugier ihrer Tante nicht besser, wollte sie durch die Postleitzahlen doch hinterhältig herausfinden, in welchem Preissegment der Stadt die entfremdeten Kinder wohnten und somit auch, wie sie finanziell dastanden. Neugier muss eben bestraft werden.

Mittlerweile sitzen alle auf ihren Plätzen. Janine steht etwas abseits, zählt noch einmal die Personen durch und überblickt das Friedhofsareal, ob sich nicht im Hintergrund noch irgendwelche Bocciaclubs, Sängervereinigungen oder alte Schulfreunde dicht gedrängt aufhalten. Die Auflagen sind sehr streng. Ihr gegenüber steht ihre Hausfloristin Beate, daneben Claudius. Nach einem kurzen Blick zum Pfarrer nickt Janine und die Prozession setzt sich in Bewegung. Statt Orgel eiert nur der blecherne Schatten eines Trauermarsches aus einem kleinen Radio. Claudius schreitet voran, von weißen Handschuhen umschlossen hält er die dunkelgrüne Urne. Dann folgt Beate mit einem Kranz. Janine bleibt zurück und behält die Szenerie fest im Auge. Eigentlich war Achim als Aufsicht eingeteilt gewesen, aber er hat sich bis heute nicht gemeldet. Eine Krankmeldung ist nic angekommen. Mit größter Vorsicht stellt Claudius die Urne auf einen kleinen Sockel neben die Staffelei. Friedhelm Arnold blickt aus seinem Bild direkt aus den Achtzigern in die Gegenwart. Sein schon schütter werdendes Haar geschickt über den Kopf gekämmt, strahlt ein lausbubenartiges Grinsen unter einem massiven Schnauzer hervor. Aus dem Kragen seines blassgelben Poloshirts blitzt ein grobgliedriges Goldkettchen und um das aufgestützte Handgelenk trägt er eine massive Armbanduhr. Da sag nochmal jemand, dass es früher keine Filter gegeben hätte, denn dieses Bild ist von einem ockerfarbenen Schleier überzogen, der zum einen dem Alter geschuldet ist und zum anderen der niedrigen Auflösung durch das vielfache Vergrößern eines Bewerbungsfotos. Und solche Bilder sind es, nach denen Bestatter dann die Toten für die Aufbahrung zurechtmachen sollen. Mit der Realität haben diese Bilder aus einer anderen Zeit meist gar nichts mehr zu tun, sodass die Herrichtung oft einiges an Fantasie und Augenmaß bedarf. Friedhelm Arnold jedenfalls sah mit seinen fünfundachtzig Lenzen definitiv nicht mehr so aus, wie vor vierzig Jahren.

Unter die Urne stellt Beate den voluminösen Kranz, der speziell nach den Wünschen der Witwe angefertigt worden war: weiße Lilien, mit reichlich Grün und dazwischen eingestreut kleine Bündel Cherrytomaten rundherum. Nicht nur liebte Friedhelm den Geschmack dieser kleinen roten Sonnenperlen, wie seine Witwe unter Tränen verraten hatte, sondern sie seien auch immer mit dem Trabbi über den Brenner nach Italien gefahren, nach Rimini oder Brescia zum Strandurlaub. Damals war es so schön dort. Die italienischen Farben hätten ihm so viel bedeutet. So sind es die kleinen Dinge, mit denen dem Verstorbenen noch einmal Tribut gezollt werden soll. Natürlich fehlt der persönliche Kontakt. Natürlich wäre es schöner, die ganze Familie singend und sich umarmend und maskenlos am Grab stehen zu haben. Aber gerade in Fällen wie bei Familie Arnold müsste das Verständnis doch umso größer sein, wurde ihr geliebter Ehemann, Vater, Großvater und Schriftführer des Gesangsvereins Frühlingsvögel e.V. doch auch in einem Sarg mit weißem Kreidekreuz aus dem Altersheim abgeholt. Janine schüttelt kaum merklich den Kopf, während der Pfarrer seinen Text verliest. Zwanzig Minuten, länger darf das schnelle letzte Gebet nicht dauern. Danach wird zur Grabstelle geschritten und das Gebiet weiträumig desinfiziert und gesäubert für die nächste Trauerfeier. Beerdigungen am Fließband. Es gibt Filmabspanne, die dauern länger als das letzte Geleit dieser Menschen.

»Und nun möchten wir noch eine Minute schweigen und richten unsere Gedanken dabei ganz auf unseren Bruder Friedhelm, auf seiner

letzten Reise an einen besseren Ort«, sagt der
Pfarrer gerade und Janine schließt die Augen.
Ganz sicher ist der Ort besser, aber ob Schweigen
im Moment das Richtige ist, bezweifelt sie. Die
Leute sterben in Einsamkeit und in vielen Wohnungen ist es schon viel zu lange so still, dass es
gerade älteren Menschen nicht leichtfällt, den Willen und die Kraft für den ersten Atemzug am
Morgen aufzubringen. Eigentlich müsste man gerade in solchen Momenten den Mund weit aufsperren und den Kontakt suchen – und sei es nur
telefonisch. Die Minute ist vorbei, alle erheben
sich. Claudius nimmt die Urne an sich und schreitet mit ihr durch die Reihen zur Grabstelle. Hinterher eilt Frau Arnold, gestützt von ihrem Sohn,
aber Janine stellt sich als menschlicher Zaun in
den Weg.

»Ich muss Sie bitten, noch einen Moment zu
warten«, sagt sie respektvoll. »Bitte halten Sie
auch hier Abstand und lassen sie die Masken
auf.«

Und die Proteste gehen von vorne los.

»Das ist eine Unverschämtheit!«

»Wir sind doch eine Familie!«

»Ich habe hier Sand von Sylt in meiner Tasche.
Wollen Sie mir ernsthaft sagen, ich kann keinen letzten Gruß von seinem Ferienhaus mit
ins Grab werfen?!«

Janine hebt beschwichtigend die Hände. Hilfesuchend schaut sie sich um, aber Claudius ist schon fast am Grab und Beate schließt die Gruppe mit dem Tomatenkranz in den Händen ab. Sie zuckt nur mit den Achseln. Nun muss die Chefin hart und endgültig wie ein Grabstein ihre Worte wählen.

»Es tut mir leid. So sind nun mal die Verordnungen. Ich verstehe Ihre Trauer und Ihre Verbitterung sehr gut. Aber gestatten Sie uns die ordnungsgemäße Umsetzung der Regeln, sonst muss die einzige Pietät dieses Stadtteils schließen und die Leichen stapeln sich in den Straßen.« Sie schaut über die Schulter. »Sie dürfen«, sagt sie schließlich. »Wenn Sie mir nun mit Abstand folgen wollen.«

Sie dreht sich um.

»Aber was ist jetzt mit dem Sand?«, platzt eine Stimme von hinten heraus.

Janine verharrt noch einen Moment, dann setzt sie das professionelle Lächeln auf, das auch die Augen zum Strahlen bringt, und sagt:

»Geben Sie mir den Sand, ich werde ihn meinem Mitarbeiter zur Beigabe in das Grab überreichen.«

»Aber ich habe ihn in der Jackentasche.«

›Das darf doch nicht wahr sein. Heiliger Strohsack, Kruzifix noch-‹ Sie kramt in ihrer Manteltasche, ob sie irgendetwas bei sich hat, das Sand – ausgerechnet Sand – halten könnte, ohne, dass zu viel davon zu Boden rieselt. Auf der einen Seite sind nur ihr Handy und die Schlüssel zum Krematorium. Auf der anderen Seite... zwei Henkel, ein Stück Tuch. Kein Beutel, aber vielleicht brauchbar. Der Zweck heiligt schließlich die Mittel. Sie zieht ihre Ersatzmaske aus der Tasche und sucht nach dem Sandmann. Im ersten Moment erschrickt sie, denn der Herr, um den sich Familie Arnold nun teilt, ist dem Verstorbenen wie aus dem Gesicht geschnitten. Es braucht nur ein halbes Auge, um in ihm den Bruder zu erkennen. Mit nicht viel mehr Fantasie entdeckt man den Zwilling in seinem Gesicht. Die schmale Statur auf einen zitternden Stock gestützt, steht er ganz hinten und streckt seine Faust geschlossen nach vorn. Wie eine kleine Hängematte hält Janine ihre medizinische Maske darunter und vorsichtig lässt er den Sand fallen. Mit jedem Körnchen, das seine Hand verlässt, scheint er etwas mehr Abschied von seinem Bruder zu nehmen. Sein Blick wird glasig, vielleicht denkt er an gemeinsame Urlaube auf Sylt zurück. Oder er hat an diesem Tag sein Spiegelbild in der glänzenden Urne gesehen. Was immer es ist, es scheint ihn ein wenig aufzurichten, und als er fertig ist, senkt er kurz den Kopf und hebt ihn dann stolz nach oben. Für Janine ist das ein Nicken und sie beeilt sich, die Maske mit dem Sand zu Claudius zu bringen.

»Wirf das bitte mit ins Grab. Ja, die Maske auch«, raunt sie und empfängt die Trauergesellschaft in etwa zwanzig Metern Abstand. Hier denkt niemand mehr an die Masken, was genau sie daran stört und die Durchsetzung ihrer Grundrechte. Sie sind da, das ist doch alles, was zählt. Für Friedhelm. Mit jeder Schaufel Erde, die Claudius auf das Grab wirft, rückt die Trauergemeinschaft ein Stück näher zusammen. Aus der Ferne in die Erde. Ein Arm liegt auf dem anderen, Taschentuchpäckchen werden weitergereicht. An dieser Stelle hält sich Janine zurück und schaut stur geradeaus. Ja, manchmal macht es einfach eine diebische Freude, die Regeln durchzusetzen, zumal dadurch in der Tat das Überleben der Pietät gesichert wird und buchstäblich das Überleben anderer Menschen. Niemand weiß das so gut wie sie. Aber dies ist der Punkt, an dem sich jeder selbst überlassen ist mit sich und seiner Trauerarbeit, die die Pietät gerade maximal über das Telefon oder durch tröstliche Blicke oberhalb der Maske leisten kann. Das Wichtigste ist immer noch die Heilung, auch wenn die Krankheit und der Schmerz noch lange nicht vorbei sind. Leise beginnt es zu schneien.

X

Die anschließende Trauerfeier verläuft als komplettes Gegenteil. Rasch haben sie alles hergerichtet und Beate verabschiedet, einen Kranz gibt es diesmal nicht. Claudius steht erwartungsvoll mit der Urne am Eingang des Pavillons.

»Wen haben wir denn hier?«, fragt er.

»Martina Meyer-Henning. Achtundvierzig Jahre alt, keine Kinder, keine bekannten Verwandten. Wurde alleine in ihrer Wohnung aufgefunden. Auch ein weißes Kreidekreuz, Ampel Rot«, sagt Janine.

Claudius schiebt die Unterlippe vor. Mittlerweile rieseln dicke Flocken vom Himmel und legen sich als Puderzuckerkruste über die Grabfelder. Ungeduldig schaut er auf die Armbanduhr.

»Wo bleibt eigentlich der Pfarrer? Ich dachte, der macht nur kurz eine Raucherpause.«

»Kein Pfarrer, keine Trauerrede. Ein paar Minuten würde ich noch warten, ansonsten fangen wir an.«

Es passiert selten, aber immer wieder, dass sie ganz alleine bei der Trauerfeier bleiben. In Büchern oder Filmen sind das meist steinreiche, jähzornige Familienoberhäupter, denen man mit einem Eintrag im Kondolenzbuch die Loyalität beweisen musste und sich damit seinen rechtmäßigen Teil des umfangreichen Erbes sichern konnte. In der Regel erscheint aber niemand, bis auf den treuen Butler oder die schüchterne Haushälterin in letzter Minute, und der Familienkrach ist vorprogrammiert, während Lord Fauntleroy auf seiner Wolke sitzt und lacht. Die Realität schaut anders aus. Es gibt eine Bestatterweisheit, die besagt: Man stirbt, wie man gelebt hat. Und so wird man auch beerdigt. Entweder sehr laut und aufbrausend, oder leise, mit wenig Aufheben um die eigene Person. Und manche sterben einsam, ohne dass es überhaupt jemand mitbekommt. Frau Meyer-Henning war so eine Person und als Claudius die Urne vorne auf das Tischchen stellt, bleibt nicht viel mehr, als innezuhalten, ihr unbekannterweise die letzte Ehre zu erweisen und nach wenigen Minuten voran zum Grabloch zu schreiten.

»Moment, entschuldigen Sie!«, ruft es da vom Eingang des Friedhofs aufgeregt. »Warten Sie! Ist das die Trauerfeier von Martina?«

Janine wendet sich um und auch Claudius hält kurz vor dem Ziel inne.

»Ja«, sagt sie. »Aber Sie sind leider zu spät, die Feierlichkeiten sind schon beendet, wenn man so will. Möchten Sie bei der Beisetzung dabei sein?«

Der grobschlächtige Mann eilt völlig außer Atem noch ein paar Schritte herbei. Mundschutz, Visier und Plastikhandschuhe inklusive. Kurz stützt er die Arme auf die Knie, sein beigegrauer Anorak bläht sich im Wind. Er schnappt nach Luft.

»Ja«, japst er, »ja, wenn das ginge, das wäre schön.«

»Darf ich noch fragen, wer Sie sind? Wir dachten Frau Meyer-Henning hätte keine Verwandten mehr.«

»Ich bin kein Verwandter. Ich war ihr Nachbar. Hab sie gefunden. Wir haben uns immer sehr gut verstanden, müssen Sie wissen. Waren schon zusammen in der Grundschule. Wäre wirklich nett, wenn ich dabei sein könnte.«

Sein Blick ist offen und klar. Beinahe flehentlich fährt er sich mit einem Stofftaschentuch über die freie Fläche seines Gesichts.

»Engelhardt, mein Name. Ludwig Engelhardt.«

»Natürlich, das ist gar kein Problem, Herr Engelhardt«, sagt Janine vorschnell, obwohl sie mit sich hadert. »Haben Sie einen negativen Test? Wenn Sie Kontakt mit ihr hatten, dürfen wir kein Risiko eingehen.«

»Ich bin negativ«, sagt er und kramt ein auf diesen Tag datiertes, amtliches Schreiben hervor.

»Also gut, dann folgen Sie mir.«

Zu dritt schreiten sie voran und sind beinahe schon bei der Stelle, die von einem einfachen Holzkreuz markiert wird. Claudius lässt die Urne behutsam in das ausgehobene Loch sinken. Sie senken die Köpfe. Dann gibt es nichts weiter zu tun.

Claudius nimmt die kleine goldene Schippe und bedeckt die Urne symbolisch mit ein paar Schaufeln Erde. Erwin wird sich später darum kümmern. Es gibt eine ganz bestimmte Vorgehensweise, wie die Erde auf einem Grab verteilt wird und welche Dünger zwischen die einzelnen Schichten kommen. Da sollte man einem Friedhofsgärtner nicht ins Werk pfuschen. Auch Janine tritt vor und wirf eine Schaufel voll Erde ins Grab.

»Möchten Sie auch, Herr Engelhardt? Wo doch sonst niemand da ist...«

Sichtlich betroffen nickt der Herr und sie reibt den Schaufelstiel mit einem kleinen Desinfektionstüchlein ab. Mit zitternder Hand greift er zu und stößt das Metallblatt in den aufgeschichteten Haufen. Ganz behutsam fallen die Erdbrocken auf die glänzende Messingplakette der Urne. Anschließend fährt er mit seinen voluminösen Fingern in die Tasche seines Mantels.

»Darf ich das noch hineinwerfen, das waren ihre Lieblingsblumen?«, fragt er schüchtern und hält ein winziges Sträußchen Gänseblümchen empor.

Lächelnde und gerührte Gesichter geben ihre Zustimmung und im nun dichten Schneetreiben stechen gelbe Blütenkörbchen leuchtend hervor.

X

Arbeiten, schlafen, arbeiten, schlafen, arbeiten, schlafen, schlafen, arbeiten, arbeiten, arbeiten. Geregelte Tages- und Nachtabläufe, zu denen der Schlaf nun einmal gehört, bedeuten nichts mehr. Sind ein Rezept, zu dem man nicht alle Zutaten im Kühlschrank hat. Dann nimmt man von dort eine Prise, ersetzt dieses mit jenem und wundert sich dann, dass das, was aus dem Ofen kommt, am Ende hart und bitter ist. Es kann doch nicht ewig so weitergehen. Irgendwann muss es doch besser werden. Irgend – wann?

Selbst die Welt scheint sich nicht mehr an ihre normale Drehzahl zu halten. Dunkelheit folgt auf Helligkeit und manchmal geht die Sonne gar nicht auf, dafür schneit es den ganzen Tag, so wie heute. Seit Mittag tanzen dicke Flocken aus den Wolken zu Boden und sorgen wenigstens dafür, dass sich die Trauergemeinschaften recht schnell auflösen und keiner zu lang, zu nah auf dem Friedhof verweilt. Selbst Familie Arnold hat es am Ende ganz eilig gehabt, in ihre Autos zu steigen und davonzubrausen. Nun muss Janine noch die Rechnung schreiben und der Fall ist erledigt. Manchmal tut es ihr leid, für ihre Dienste Geld zu verlangen. Sie merkt schnell, wie es um die finanziellen Mittel ihrer Kunden bestellt ist. Obwohl in ihrem Institut noch nie verhandelt wurde,

Verhandlungen mit dem Tod haben die meisten an diesem Punkt schon hinter sich.

Einmal hatte sie einen Herrn vor sich sitzen, lange bevor ›es‹ angefangen hat, der seine kleine Tochter auf den Knien balancierte, während er sich einen Sarg für seine verstorbene Frau aussuchen musste. Hirntumor. Rasend schnell und äußerst aggressiv. Trotzdem hatte die junge Familie nichts unversucht gelassen, gab die ganzen Ersparnisse für neuartige Therapien und fachärztliche Beratungen aus, um das Rennen schon kurz nach dem Start zu verlieren. Bis dahin waren das Haus, das Auto und die Aktien fort. Die Wahl zwischen dem Leben und dem Sterben ist oftmals eben keine monetäre. Und was ist das alles schon wert, gegen dieses tückische, betörend riechende Pflänzchen Hoffnung.

Mit angefeuchtetem Finger blätterte er Seite um Seite im Katalog zurück und entdeckte schließlich das Modell *Peace Box*, den Sarg aus Wellpappe eines österreichischen Herstellers in einer Werbeanzeige:

Peace Box

FÜR DIE EWIGKEIT

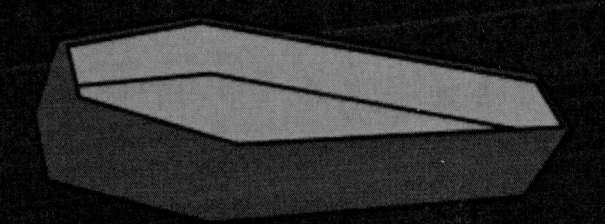

- ✓ nachhaltige Herstellung
- ✓ einfaches Zusammenbauen
- ✓ biologisch abbaubar
- ✓ individuelle Gestaltung

Für Pappe zwar immer noch teuer genug, belaufen sich die Kosten hier nur auf einen Bruchteil derer eines Vollholzsarges. Schlussendlich kann es einem selbst doch völlig egal sein, was in den Verbrennungsofen geschoben wird, und Wellpappe ist ökologisch-energetisch gesehen sogar die beste Lösung. Man kann schon gutes Geld verdienen als Bestatter, das wusste Opa Richter ganz genau, aber der Gesetzgeber lässt Janine auch nicht viel Spielraum. Sie ist es nicht, die verbietet, dass Tote im eigenen Auto transportiert werden dürfen. Sie schreibt weder die Sargpflicht vor noch besteht sie auf den Friedhofszwang. Das sind alles äußere Vorgaben, die die Hinterbliebenen am Ende Geld kosten. In manchen Ländern kann man seine Asche sogar zu einem Diamanten pressen oder daraus eine Schallplatte mit seinen Lieblingsliedern erstellen lassen. Sie klappt den dicken Rechnungsordner zu und sortiert ihn in das Regal ein. Wenn es nach ihr ginge, würde sie ihren eigenen Körper nach dem Tod wieder zurück zur Natur geben, verbacken in Futterklötze für Wildtiere, Nager und Vögel. Was in Amerika geht, wäre hier undenkbar.

Ein schneller Blick prüft, ob alle Computer ausgeschaltet sind, das Wasser abgestellt und die Heizung heruntergedreht ist. Sie zieht ihren dunklen

Mantel über die schmerzenden Schultern und versichert sich, dass die Maske richtig über Nase und Mund sitzt. Dann schließt sie alles sorgfältig ab, stellt das Diensthandy auf laut, verlässt die Pietät – und steht in einem blizzardartigen Schneesturm.

Flocken so groß wie Schamottsteine wirbeln durch die Luft, flimmern vor ihren Augen und schichten sich Zentimeter um Zentimeter auf der Straße. Gemessen an ihrer eigenen Körpergröße muss der Schnee schon mindestens zwei Fuß hoch liegen, Tendenz steigend. Beziehungsweise fallend, wenn man eine Schneeflocke ist. Trotz der nächtlichen Dunkelheit ist Janine kurz geblendet, so hell reflektieren die Eiskristalle das Licht der Straßenlaternen. Sie kneift die Augen zusammen und schwindelt kurz, dann hebt sie einen Stiefel aus dem Schnee, stellt den Kragen auf und läuft los zur nächsten Bushaltestelle auf der anderen Straßenseite. Das Fahrrad lässt sie lieber stehen. Im weißen Dauerrieseln kann sie die orangene LED-Anzeige schon erkennen, aber eben auch ein warnendes Dreieck, das ausruft:

Bitte beachten Sie folgenden Hinweis – Aufgrund des aktuellen Schneesturms wird diese Haltestelle bis auf Weiteres nicht angefahren. Wir weisen Sie auf das verpflichtende Tragen eines medizinischen

Mund- und Nasenschutzes innerhalb unserer Fahrzeuge sowie an den Bushaltestellen hin. Bleiben Sie gesund!

Also auch kein Bus. Janine vermeidet seit einiger Zeit ohnehin das Fahren mit den öffentlichen Verkehrsmitteln. Aber so langsam spitzt sich dieser Eiszapfen zu und auch nach wiederholten wie vergeblichen Anrufversuchen bei der Taxizentrale bleibt ihr nichts anderes übrig, als wieder in die Pietät zurückzukehren und sich zu sortieren. Mit klammen Fingern schließt sie auf und wird mit einem heftigen Schneestoß hereingeweht, der das Silberglöckchen beinahe aus den Angeln hebt. Von ihren kurzen Haaren läuft das Schmelzwasser direkt in den Nacken und als sie ihre eisverkrusteten Schuhe abstreift, sind die Strümpfe schon ganz durchweicht. Sie verschließt die Tür hinter sich und läuft mit gefrorenen Zehen in ihr Büro, wo sie sich erst einmal eine Tasse Kaffee aufstellt. Während das Wasser durch den Filter tropft, geht sie ihre Optionen durch. Die Warnmeldungen lassen ihr Handy aufleuchten, innerhalb weniger Stunden hatte sich die Wetterlage zu einer mittelschweren Katastrophe entwickelt. Viel Schnee braucht es ja nicht, um den öffentlichen Nahverkehr lahmzulegen, eine einzige Flocke auf entlegenen Bahngleisen genügt da meist schon. Im

Moment soll ohnehin so wenig wie möglich das Haus verlassen werden, da kommt doch ein Schneesturm gerade recht. Sie ist aber nicht zuhause und dass die einzige Möglichkeit dorthin zu kommen ihre beiden schmerzenden Beine sind, stimmt Janine nicht gerade hoffnungsvoll. Sie zieht die Lippen kraus und bläst in ihre dampfende Tasse. Das Koffein wird sie nicht wacher machen, aber ihre Müdigkeit vielleicht von todmüde zu so-ein-Bett-ist-doch-was-Feines-müde hochstufen. Kaum noch stehen kann sie und darauf, sich hier in einer Ecke einzurollen bis die Putzkräfte sie am nächsten Tag überraschen, hat sie sicherlich keine Lust. Sie probiert es bei Nadja, die keine zehn Minuten Fußweg entfernt wohnt. Noch nicht einmal ein Freizeichen ist ihr gegönnt, als sie sogleich nach dem Wählen von einer künstlichen Stimme aufgefordert wird, auf die Mailbox zu sprechen. Piep.

Auch kein Glück. Ihre Augen, die sich so gerne endlich schließen möchten, füllen sich mit Tränen, heiß und still. Einmal aufgewischt und ausgewrungen, so fühlt sich ihr Körper gerade an, und der Stoff wird von Mal zu Mal dünner. Richtig fadenscheinig ist sie geworden. Mit den Augen tastet sie den Schauraum ab. Sie muss schlafen, irgendwo. Und stockdunkel muss es sein.

Was wie der Anfang eines Grusel-Groschenromans scheint, ist eigentlich nur ein großer Raum voller Möbel und Dekorationsobjekte. Zwar für die allerletzte Wohnung, aber es gibt hier genauso viel Presspan und geschmacklose Metallaufsätze wie in jedem anderen Möbelhaus auch. Nur altmodische Kacheltische finden sich hier nicht. Die Straßenlaternen werfen kantige Schatten in den Raum und der Sturm rüttelt an den Fensterscheiben. Vielleicht ist es doch ein bisschen gruselig. Janine geht durch die Reihen und fährt mit dem Finger über verschiedene Holzsorten. Die meisten sind nur zur äußeren Betrachtung ausgestellt, einige wenige könnte man als voll funktionsfähig bezeichnen. Obwohl die tatsächliche Funktion eines Sarges natürlich davon abhängt, auf welcher Seite man sich befindet. Ihre Füße geben keinen Laut von sich, bei der großen Renovierung vor ein paar Jahren hat sie extra Teppich verlegen lassen. Es wirkt doch gleich viel heimeliger, hatte sie damals gedacht und nicht geahnt, dass ihr das in so einer Nacht zum Vorteil werden könnte. Ganz hinten in einer Ecke findet sie schließlich, nach was sie gesucht hat. Das Modell *Italienische Truhe* aus furnierter Kiefer, mit Innenausschlag und Kopfkissen. Janine seufzt. Ein prüfender Druck auf die Sargmatratze verspricht eine harte Nacht. Die obere Hälfte des Deckels ist aufgeklappt, die untere fest verleimt, um genau das zu verhindern, was Janine gerade im Sinn hat.

ANSCHAUUNGSOBJEKT
Bitte nicht berühren!

Ungelenk steigt sie auf den kleinen, beistehenden Hocker und schiebt ihre Beine in den Sarg. Einen Moment sitzt sie aufrecht, dann legt sie sich zurück und wartet. Es ist zu hell. Das grüne Notausgangsschild scheint ihr direkt in die Augen. Hätte sie doch nur ihre Schlafmaske dabei, aber die einzigen Masken, die sie hat, gehören unter die Augen. Aus der Hosentasche zieht sie eine OP-Maske und spannt sie sich probehalber vors Gesicht, sodass sie von der Stirn bis gerade zur Nasenspitze reicht. Bei so viel Licht, wie dort durchdringt, bezweifelt sie fast, dass auch nur ein Viruspartikel sich von dem dünnen Material abschrecken lassen würde. Es wird schon alles seinen Sinn haben, versucht sie sich zu beruhigen. Dann bleibt eben nur die komplette Kehrtwende. Äußerst ungeschickt zieht Janine ihre Beine unter dem Deckel hervor, hockt kurz am ausgewiesenen Kopfende und schiebt dann den Oberkörper Richtung Fußraum, wie beim Wenden in einem Schwimmbecken auf engstem Raum. Plötzlich ist alles schwarz. Sie nimmt einige hektische Atemzüge, der Sauerstoff ist ausreichend. Es ist nicht so, dass sie noch nie in einem Sarg gelegen hat, da muss sie ehrlich sein. Gerade als kleines Kind hat der Großvater sie oft in einem mit Stroh ausgelegten Sarg ›geparkt‹, während er Verkaufsgespräche führte oder eine Leiche präparierte. Nicht selten hielt sie dort ihren Mittagsschlaf. Besonders solche Schausärge sind niemals luftdicht, für den Fall, dass doch jemand einmal auf die Idee kommen sollte, probeliegen zu wollen. So langsam hat sich ihre Atmung wieder beruhigt. In ihre Nase dringt der Geruch von billigem Leim und synthetischen Stoffen. Es ist eben nicht alles Seide, was glänzt. Ein paar Herzschläge lang versucht sie, die Situation auf sich wirken zu lassen.

Besonders in den Ohren spürt sie ihren Puls, der wie unterwasserne Paukenschläge auf sie eintrommelt. Platzangst hat sie nicht, aber hier merkt sie erst einmal, wie eng so ein Sarg werden kann. Die Schultern sind die breiteste Stelle. Der Mensch verjüngt sich zum Ende hin. Sind Kinder unter den Angehörigen, fällt ihr immer wieder auf, welche Sorgen in den kleinen Köpfen umherspuken, die genau diese praktischen Dinge betreffen.
   ›Bekommt Oma überhaupt noch Luft da drin?‹
   ›Friert sie nicht so tief unten im Grab?‹
   ›Dann muss der Papa ja für immer liegen, wo er

doch so gerne in seinem Fernsehstuhl gesessen hat!‹

Janine macht sich ganz steif und versucht, die Luft anzuhalten. Die Hände faltet sie auf der Brust zusammen, mit den Zehen wackelt sie dann kurz. Auf irgendeine Art und Weise ist dieser Zustand auch ganz tröstlich, denkt sie. Die Welt da draußen ist auf einmal sehr weit weg und von Krankheit und auch von Tod bekommt sie fast nichts mehr mit. Keine Nachrichten lassen mehr das Handy vibrieren, die Dienstpläne regeln sich ganz von alleine und die Übersterblichkeit schubst sie nicht mehr an den äußersten Rand ihrer Kapazitäten – und darüber hinaus in den Abgrund. Auf einmal wäre alles vorbei. Ganz einfach. Aber wäre es auch einfacher? Es ist nicht an der Zeit, sich solche Fragen zu stellen, findet sie. Für ganz viele Menschen ist es eben gerade noch nicht an der Zeit. Neun Jahre sind es im Schnitt, die das Virus dem Leben nimmt. Und in neun Jahren kann sehr viel passieren. Deshalb bleibt im Moment nichts weiter, als sich die Ärmel nach oben zu krempeln, den Mund abzuputzen und weiterzumachen. Jeder Einzelne muss seinen Teil dazu beitragen. Und für die allermeisten ist es doch gar kein so großes Opfer, das zu erbringen ist. Es gibt im Moment eben vieles, das es gilt, nicht zu tun, auf das verzichtet werden muss. Dafür wiegt die Arbeit nun doppelt so schwer. In einem Bestattungsinstitut ist Homeoffice nicht möglich oder ratsam. Da ist Roman, der oft die Nachtschicht übernimmt und seine kleine Tochter und die Freundin ständig alleine lassen muss. Und auch sie arbeitet Vollzeit. Nadja und Claudius, die gerade dabei waren, sich ein wenig zu beschnuppern, vielleicht sogar zu mögen und kennenlernen zu wollen, ganz ohne die romantische Rahmung von Grabgestecken und Aschemühlen. Bis dann selbst das Händeschütteln zum Tabu und Restaurantbesuche unmöglich wurden. Verzicht ist ein großes Wort für kleine Beiträge des Einzelnen. Aber sie tun es gerne, da ist sich Janine sicher. Sie alle tun, was zu tun ist, und sie tun ihr Bestes und wenn das alles vorbei ist, wird sie eine große Feier geben, mit all ihren Mitarbeitern und Freunden und Kunden und sie werden das Leben feiern, ja das Leben, denn darum geht es hier schließlich. Um nichts anderes als das Leben und Überleben in dieser Zeit, die Krankheit und Tod so sehr umklammert hält. Und von einem Gedanken auf den anderen ist sie eingeschlafen. Die Füße auf dem Kopfkissen, die Hände vor der Brust verschränkt, ruht Janine Richter in diesem Sarg und schläft zum ersten Mal seit langer Zeit einen erholsamen und traumlosen Schlaf, während es draußen aufgehört hat zu schneien.

X

»Chefin?«, rüttelt eine Hand sanft an ihrem Zeh. »Chefin?!«, greift eine Hand nach ihrem Knöchel. »Janine, bitte kommen! Erde an Janine Richter, bitte kommen!«
Aus dem Sarg dringt ein fürchterliches Stöhnen. Janine stemmt die Hände gegen den Deckel und zwängt sich dann steif und ungelenk zum Kopfende hin. Die plötzliche Helligkeit drückt ihre Lider schwer nach unten und sie fasst sich an die Schläfe.
»Wo bin ich?«, fragt sie in die lächelnden Gesichter von Nadja und Claudius, die rechts und links den Sarg flankieren.
»Guten Morgen, Sonnenschein!« Nadja wirft Claudius einen verschmitzten Blick zu. »Sind sie nicht goldig, wenn sie gerade aufwachen? So ganz verschlafen.«
Mit einem Ächzen richtet Janine sich auf. Was für eine Nacht. So stellt sie sich die ewige Ruhe auf gar keinen Fall vor, sie wird sofort weichere Kissen beim Hersteller in Auftrag geben. Die Hand von Claudius schiebt sich in ihr Blickfeld.
»Na komm, ich helfe dir da raus. Wenn gleich die Kunden kommen, kriegen die den Schock ihres Lebens.«
Kunden? Aber es ist doch erst… Oh nein!
»Wie spät ist es?«, keucht sie und weiß, dass die Antwort auf jeden Fall ›zu spät‹ sein wird.

Mit einem Ruck packt Claudius sie an den Ellenbogen und hilft ihr aus der *Italienischen Truhe*. Dann gibt er eine Runde Desinfektionsmittel aus und sie treten alle einen Schritt zurück. Janine fährt sich hektisch über die zerknitterten Klamotten und versucht, die weißen Fusseln von dem schwarzen Stoff zu entfernen. Es gibt Gründe, warum sie ausgerechnet eine schwarze Katze hat.

»Ich muss los, ich muss ins Krematorium, heute sind sicher wieder über zwanzig Verstorbene einzuäschern, ich–«, stammelt sie dabei und reibt sich die verwischte Wimperntusche aus den Augen.

»Erst einmal musst du tief durchatmen, Chefin. So wie ich. Tief ein...« Nadja zieht geräuschvoll die Luft in ihre Lungen. »Und dann aus...«, pustet sie und bläst die Backen auf. »Wir regeln das. Du hast heute frei, Chefin, und machst dir einen schönen Tag.«

Janines Gehirn sperrt sich vor diesen ungewohnten Worten. Frei? Schöner Tag?

»Aber es gibt so viel zu tun. Der Dienstplan! Ich–«

»Heute ist Samstag, Janine. Da unterstützen uns doch jetzt Anna und Mareike von der Trauerbegleitung«, sagt Claudius.

Seit einiger Zeit kommen die beiden jedes Wochenende in die Pietät und helfen bei Beratungsgesprächen, Aufräumarbeiten und Organisatorischem. Meistens übernehmen sie den Telefondienst, denn gerade im persönlichen Gespräch mit Hinterbliebenen können sie dank ihrer ehrenamtlichen Arbeit im Hospiz punkten.

»Außerdem hab ich Achim wieder an Bord geholt. Ein längeres Telefonat mit seiner Mutter war der Schlüssel zum Glück«, grinst Nadja. »Er ist schon bei Roman und arbeitet am Kremationsofen. ›Du hast doch eh keine Schule, im Moment‹, hab ich zu ihm gesagt, ›Da kannst du dich auch nützlich machen und deinen faulen Hintern für andere Leute einsetzen.‹ Das hatte schon geholfen, aber vor allem die Standpauke von Mutter Dienhardt, die wissen wollte, wo er denn die ganzen Vormittage diese Woche verbracht hat. Schaut so aus, als hätte unser Achim sich heimlich mit einem Mädel unten am Hafen getroffen, ohne den Mindestabstand einzuhalten.«

Nadja rollt bedeutsam mit den Augen.

»Dann hab ich heute einfach... frei?«, fragt Janine und traut sich noch gar nicht so richtig, die Worte auch laut auszusprechen.

»Keine Kremation, keine Verkaufsgespräche, keine Trauerfeiern?«

»Nur du und der ganze Tag, der vor dir liegt, Chefin. Meinst du nicht, dass das bitter nötig ist? Ich meine, wenn du schon anfängst, in den Särgen zu schlafen?«

Janine massiert sich den schmerzenden Nacken und sagt:

»So schnell passiert mir das nicht wieder. Habt ihr den Schneesturm mitbekommen gestern Abend? Ich war so lange noch im Büro, dass der Verkehr total brachlag und ich musste mich entscheiden zwischen Erfrieren und der ewigen Ruhe. Nun, meine Schultern werden mich noch lange daran erinnern, dass das keine gute Idee war.«

Da durchbricht ein Brummen die Runde, es surrt und knurrt und scheint aus dem Sarg zu kommen. Claudius hält sich einen Finger an die Lippen und horcht. Brrrr, brrrr, brrrr. Es hört gar nicht mehr auf. Brrrr, brrrr. Er schlägt die Deckengarnitur zurück und legt Janines Handy frei, reicht es ihr. Sie nimmt ab.

»Richter, hallo?«

Sie sieht fragend von Nadja zu Claudius. Die schütteln unwissend die Köpfe.

»Hallo Mäuschen, wir freuen uns schon so auf dich! Wann kommst du denn heute?«, fragt ihr Vater.

Samstag. Heute ist Samstag! Janine fasst sich an die Stirn und bedeckt die Augen. Verdammt. Die Tage sind völlig an ihr vorbeigezogen und sie hat

jegliches Gefühl für die Woche verloren.
»Stimmt, das war ja heute! Eigentlich passt es heute nicht so gut, weißt du, ich hab nämlich fr-«
»Papperlapapp, Mäuschen, der Kuchen ist doch schon im Ofen! Das kannst du deiner Mutter nicht antun. Passt es dir in einer Stunde?«
Sie mahlt mit ihren Zähnen und presst die Augen zusammen. Bloß nicht darauf eingehen, einfach ›Nein‹ sagen, es ist nicht schwer, na komm, N-E-I-
»Ja, das passt«, hat da ihre Zunge schon gesagt und Janine ärgert sich, dass sie das Ding einfach nicht im Griff hat, vor allem, wenn sie mit ihren Eltern telefoniert.
»Prima, dann sage ich deiner Mutter schon mal Bescheid. Bis später, Mäuschen.«
Und er legt den Hörer auf. Hat der unerwartet freie Tag eben noch als weiße Leinwand ausgebreitet vor ihr gelegen, sind nun Fußstapfen und Farbspritzer daraufgetropft und verdunkeln ihre Stimmung deutlich.
»So ein Mist!«, ruft sie aus und kickt mit ihrem Fuß gegen den Schemel.
Sofort wird sie von einem stechenden Schmerz im Zehennagel bestraft.
»Sie schaffen es immer wieder.«
Dann zu Nadja und Claudius, deren Lippen fest verkniffen ein sich anbahnendes Gelächter unterdrücken:

»Also gut, ich mache mich jetzt auf den Weg, ich habe doch etwas vor«, sagt sie missmutig. »Meine Eltern haben mich eingeladen. Wenn ich nicht komme, hat meine Mutter umsonst Kuchen gebacken, das wäre natürlich schrecklich. Ihr passt auf euch auf und handelt in meinem Sinne. Wir sehen uns dann morgen in alter Frische – ich betreue die Habermann-Trauerfeier laut Dienstplan.«

»Super, dann sehen wir uns ja da«, sagt Nadja unter Prusten. »Und jetzt sieh zu, dass du hier rauskommst. Wir schaffen das schon.«

Normalerweise würde Janine sich das nicht zweimal sagen lassen, aber ein bisschen mulmig ist ihr schon. Die Pietät und ihre Arbeit mitten in diesem apokalyptischen Zustand einfach zu verlassen, kommt ihr falsch vor. Auch wenn sie vor allem Nadja und Claudius vertraut, so steckt doch ein ganzes Werk in diesen Räumen, nicht nur ihres Lebens, sondern auch des Lebens ihrer Mutter und ihres Großvaters. Immerhin befinden sie sich gerade mitten in einem Katastrophenfall, auch wenn der eigentlich nicht unerwartet kommt. Immer wieder wurde in ihrer medizinischen Ausbildung auf die möglichen Gefahren hingewiesen, die das dichte Leben in den Städten, der übermäßige Bedarf nach Fleisch und die unzureichende Vorbereitung des Gesundheitssystems mit sich bringen.

Nur das Loslassen fällt nun allzu schwer. Aber es ist bitter nötig. Selbst wenn Janine sonst ihre Hände und Augen überall hat und die einzelnen Fäden zu einem dicken und stabilen Seil verknüpft, über das sie sich alle über den Abgrund hangeln können. Sie nickt. Es ist ja nur dieser eine Tag.

Nadja und Claudius sind schon längst an die Arbeit gegangen und Janine holt noch ihre Tasche aus dem Spind. Als sie die Metalltür zuschlägt, verrutscht ein Magnet und eine Postkarte fällt herunter. ›Das Leben geht weiter‹, verspricht diese und ist sich da in ihren schwungvollen Lettern sehr sicher. Es gibt Leute, die malen sich so etwas an die Wohnzimmerwand über der Couch. Und auch wenn Janine weiß, dass die Botschaft nicht auf alle zutrifft, so kommt sie doch nicht umhin, für einen Moment daran glauben zu wollen. Für einen ganz kurzen Augenblick erlaubt sie sich, diesem kleinen Stück Karton ihre Aufmerksamkeit zu schenken und ganz vielleicht ist ja etwas Wahres dran. Sie pinnt die Karte wieder zurück an den Spind, für alle sichtbar, und verflucht diesen unverschämten Optimismus.

X

Wie immer geht es ums Essen. Egal wie viel oder wenig, wie dick oder dünn, wie alt oder groß Janine jetzt schon ist oder welches Wetter draußen gerade herrscht – bei ihrer Mutter herrscht das Essen. Es ist der Mittelpunkt, es ist der Ausgangspunkt, es ist der Fokalpunkt des gesamten Tagesablaufs, und am allerwichtigsten ist es ihr stärkstes Druckmittel, wenn es darum geht, ihr Umfeld zu manipulieren: Zu spät in den Ofen geschobene Aufläufe verlängern den Aufenthalt. Zu früh aufgetautes Hackfleisch fragt ungeduldig nach der Ankunftszeit. Und zu viele gebratene Schnitzel machen ein schlechtes Gewissen. Doppelseitig paniert. Sie ist raffiniert und erbarmungslos. Eine richtige Mutter eben.

Es dauert keine Minute und schon steht ein Teller dampfend heißer Suppe vor Janine. Da hat sie noch nicht einmal die Jacke ausgezogen.
»Iss, mein Kind, iss!«, wird sie gedrängt. Und dann der Todesstoß: »Du schaust ganz mager aus, so hohle Wangen. Das macht aber auch die Frisur, die langen Haare standen dir irgendwie besser.«
Hätte Janine gerade lange Haare, würde ihre Mutter einen *Pixie*-Schnitt besser finden. Es macht keinen Unterschied.
»Hallo, Mama. Lass mich noch kurz ablegen,

ja«, murmelt Janine und streift sich die Schuhe
von den Füßen.
Ihre Mutter erschrickt und schlägt die Hand auf
die Stirn.
»Kind, mit den löchrigen und nassen Socken
holst du dir aber ganz schnell Immersionsfüße!
Ein paar Mal habe ich solche armen Seelen zurechtmachen müssen. Da faulen dir bei lebendigem Leibe die Zehen ab! Das waren aber
meistens Obdachlose und sehr alte Menschen,
die gar nicht mehr an ihre Füße rangekommen
sind. Du bist ja wenigstens noch gelenkig, auch
wenn bei Weitem nicht mehr so wie früher.
Komm, ich hole dir Socken von deinem Vater.«
Aus dem Wäschekorb im Badezimmer holt sie ein
Paar hautenge, schwarze Thermostrümpfe.
»Da sind Silberfäden drin, antibakteriell. Da
schwört die Tante Ellie drauf!«
Tante Ellie ist die ältere Schwester der Mutter und
kann einfach nur alles richtig machen. Mit der
Pietät allerdings konnte sie so gar nichts anfangen
und hat im Ausland Modedesign studiert. Damit
hatte sie es immerhin als Kostümschneiderin ans
Theater geschafft.
»Danke, Mama«, sagt Janine und zwängt sich in
die doppelt verstärkten Fersen.
Wenigstens Thrombose würde sie damit nicht bekommen.

»Und jetzt lass dich drücken«, strahlt die Mutter, aber Janine hält schützend die Hände nach oben.

»Nein«, sagt sie bestimmt. »Kein Bussi heute, Mama. Keine körperliche Nähe. Kein Husten, Niesen, Schnäuzen, wenn andere Personen im Raum sind. Wir machen das ordentlich. Ich will nicht, dass sich jemand ansteckt.«

Sie hatte diese Sätze vorher geübt, vielleicht kommen sie deshalb etwas schärfer als beabsichtigt.

»Aber geh, bei uns steckst du dich doch nicht an!« Ihre Mutter startet kichernd einen weiteren Übergriffsversuch.

»Nein.« Abgeschmettert. »Tut wir wirklich leid, Mama, aber auch wir halten heute Abstand. Wenn ich krank werde, kann ich die Pietät für zwei Wochen dichtmachen und das wäre eine mittlere Katastrophe. Wenn du das nicht hinkriegst, muss ich wieder gehen.«

Das ist sehr hart, aber für Janine die einzig mögliche Lösung. Der Mutterbusen muss warten. Auch wenn es ihm schwerfällt. Ihre Mutter funkelt sie böse an.

»Aber atmen werde ich ja wohl noch dürfen, oder?«, fragt sie schnippisch.

Janine grinst.

»Gut, dass du's sagst, wir machen hier jetzt erst mal schön ein Fenster auf Lüften ist das A und O«, sagt sie und öffnet die Balkontür bis zum Anschlag. Ihre Mutter schnaubt.

»Dann ziehe ich mir eben einen Schal an«, meckert sie und wickelt sich in lila Wolle. »Ich habe eh Halsschmerzen.«

»Hallo Mäuschen«, sagt da ihr Vater, der einen großen Teller mit einem Stapel Pfannenkuchen hereinbalanciert.

Petzi Bär wäre das Wasser im Mund zusammengelaufen.

»Setz dich doch!«

Janine rutscht auf der Sitzbank zu ihrem angestammten Platz in der Ecke. Rechts die Mutter, links der Vater. So haben sie schon immer gesessen und auch nach über dreißig Jahren hat sich an dieser Sitzordnung nichts geändert. Die sogenannte Eltern-Zange. Überhaupt hat sich nicht viel verändert, in dem Haus, in dem Janine aufgewachsen ist. Überall hängen Marionetten an kleinen Haken von der Decke und tanzen bei jedem Luftzug den Klappertanz. ›Das ist Kunst, damit spielt man nicht‹, hört sie die Stimme ihrer Mutter heute noch im Ohr. Die Wohnzimmergarnitur aus lasierter Eiche beherbergt ein paar Bücher, Bilder und nie brennende Kerzen. An der Seite sind immer noch die Bleistiftstriche zu erkennen, die mit jedem Zentimeter Körpergröße, den Janine zugelegt hatte, ein kleines Stück nach oben gewandert sind. Die Daten gehen zurück bis in die späten

Neunziger. Einen Fernseher gibt es nicht und hat es nie gegeben. Immer wurde in diesem Haus gemalt, gebastelt oder gelesen. Vor allem mit ihrem Vater hat Janine früher viel Zeit in der Werkstatt verbracht, die man durch einen kleinen Garten neben der Garage erreicht. ›Steinschuppen‹ haben sie ihn genannt. Ihr Vater war nämlich Steinmetz gewesen und zusammen haben sie immer wundervolle Figuren aus Speckstein gemeißelt. Zuerst musste sie eine Skizze malen mit Wachsmalstiften auf Papier und dann wurden diese Fantasiewesen abgeschlagen, geschliffen und poliert. Manchmal ist auch ein Eckchen Marmor abgefallen, von den aufwendigen Grabsteinen, die ihr Vater angefertigt hat. Sogar der Verlobungsring, den er ihrer Mutter bei einem romantischen Picknick am Fluss überreicht hatte, fasste einen edlen, weißen Marmorstein, so zurechtgeschliffen, dass er aussah wie ein großer Diamant von *Tiffany*. Nur etwas schwerer ist er als das Original. Der Steinmetz und die Bestatterin sind eben nicht nur wirtschaftlich eine ausgesprochen glückliche Partie.

»Iss, die Suppe wird doch kalt«, drängt ihre Mutter und macht es ihr pantomimisch vor. Sie schneidet die Pfannenkuchen in kleine Streifen und schaufelt Janine eine Ladung davon in den Teller, sodass es beinahe eine Überschwemmung gibt. Dieser Teller heiße Suppe, ihre Lieblingssuppe...

Janine würde es niemals zugeben, aber er tut unheimlich gut. Kleine Wellen pustet sie hinein, damit die Suppe etwas kühler wird, aber eigentlich hat sie viel zu viel Hunger, um noch länger zu warten, und schlürft Löffel um Löffel der goldenen Flüssigkeit in sich hinein. Es gibt Dinge, die machen Eltern glücklich, und ihren Kindern dabei zuzuschauen, wie sie immer satter werden, ist definitiv eine davon.

»Und, Mäuschen, was gibt's Neues?«, fragt ihr Vater.

Eine einfache Frage, auf die Janine keine wirkliche Antwort weiß. Und eigentlich auch gar nicht antworten will. Es ist seltsam, mit jemandem zu sprechen, der nicht an vorderster Front mit dabei ist. So jemand würde diese Frage nicht stellen.

Da hält ihr die Mutter ein Tablet unter die Nase.

»Bevor du erzählst: Kannst du mir hiermit kurz helfen? Dein Bruder will dauernd per Video anrufen und hat mir dieses Teil geschickt, aber das funktioniert überhaupt nicht. Immer, wenn ich hier draufdrücke, siehst du, dann wird dieses Fenster hier kleiner. Und wenn das passiert, hier, schau, dann sehe ich nur deinen Vater durch die Kamera.«

Verdutzt schaut Janine von dem Gerät zu ihrem Vater, der nur entschuldigend die Achseln zuckt.

»Warum fragst du Ben das nicht? Der ist doch der IT-Spezialist.«

»Hab ich doch schon! Und er hat auch alle Updates, wie er sagt, installiert und mir da so eine Software heruntergeladen, mit der es gehen müsste. Aber ich kenn mich doch nicht aus, vielleicht kannst du kurz...«.

Janine wischt gedankenverloren auf dem Bildschirm herum, geht zu den Einstellungen und schaltet die Frontkamera an.

»Schau mal, jetzt müsste es funktionieren. Zumindest kannst du dich jetzt selbst filmen, wenn ihr wieder videotelefoniert.«

»Ach super, Schätzchen«, das Räuspern ihrer Mutter verengt ihre Stimme zu einem Krächzen. »Die sind aber auch benutzerunfreundlich, diese Teile.«

Sie kramt ein Taschentuch hervor und hustet ein paar Mal trocken hinein. Der Vater zieht die Augenbrauen hoch und lächelt.

»Ich hab's auch schon versucht, doch so wirklich schlau werde ich aus diesen Teilen nicht. Aber Mäuschen, was wolltest du erzählen?«

Janine schüttelt den Kopf und versucht, ihre Gedanken mit einer langen Angel wieder herbeizuholen.

»Neues gibt es nicht wirklich etwas. Im Gegenteil, es ist seit ein paar Wochen eigentlich immer derselbe harte Trott«, zuckt sie die Schultern und druckst etwas herum. »Ihr könnt euch das gar nicht vorstellen. Wir sind vollkommen ausgebucht. Doch es hilft ja nichts, die Toten müssen unter die Erde gebracht werden.«

»Aber die Zahlen gehen doch langsam zurück«, sagt die Mutter und schenkt sich ein Glas Rotwein ein. Das Tablet benutzt sie dabei als Untersetzer. »Zumindest haben wir in den letzten Wochen nicht einen einzigen Fall in unserem Umfeld gehabt.«

»Aber selbst, wenn die Zahlen zurückgehen, gibt es ja immer noch genügend Leute, die weiterhin krank sind. Wir kommen nicht mehr nach und es ist fraglich, ob wir bald noch jeden einzeln bestatten können, oder ob wir Massengräber zulassen müssen.«

Janine schaut traurig in den Teller, wo noch ein paar Kräuterstücke am Porzellan hängen.

»Und ich habe nicht den Eindruck, dass es in absehbarer Zeit besser wird. Ständig muss ich Trauergäste ermahnen, die Maske anzuziehen. Immer wieder wollen sie eine große Feier mit Kondolenz und Leichenschmaus. Aber so funktioniert das nicht. Von der Illusion, dass das alles so weit weg ist, habe ich mich verabschiedet als die ersten Kinder reinkamen.«

Die Mutter streckt den Arm aus und streichelt Janine

über die Schulter. Sie lässt sie gewähren.

»Und wir bekommen einfach keine Hilfe. Meistens habe ich das Gefühl, gegen eine Wand zu reden. Wenn ich morgens um fünf Uhr das Haus verlasse, sehe ich immer noch Partys unten am Hafen, bei denen es mit dem Abstand ganz und gar nicht genau genommen wird. Und spät abends, wenn ich endlich einmal heimkomme, kommen mir Anzüge und Stöckelschuhe entgegen, so werden die ja nicht einkaufen gehen.«

Sie spürt wie der Puls schmerzhaft in ihren Wangen klopft.

»Ich bin einfach erschöpft und ausgebrannt. So etwas habe ich in meiner Zeit als Bestatterin noch nie erlebt«, fügt sie mit einem Flüstern hinzu.

»Komm mal her, mein Schatz, ich weiß, es ist hart«, sagt die Mutter und zieht sie nun doch an sich heran, vergräbt ihr Gesicht in dem kurzen schwarzen Haar.

Ihr Brustkorb hebt und senkt sich, sie hustet kurz. Janine hat mittlerweile angefangen bitterlich zu schluchzen. Der ganze Stress und die ganze Anspannung der letzten Monate fließen aus ihr heraus und auch wenn sie es nicht will und auch wenn sie es nicht geplant hat, merkt sie, wie gut ihr das tut, die Nähe, und ja, vielleicht auch der

Trost, den sie in den vergangenen Wochen so oft durch Blicke und Worte anderen Menschen spenden musste. Ihr Vater kommt nun und umarmt sie beide, so verharren die drei einen Moment und wiegen sich hin und her.

Da löst sich die Mutter aus der Umklammerung und holt tief Luft, es rasselt, und sie entlädt sich in einer Abfolge trockener Hustenanfälle. Der Vater klopft ihr gedankenverloren auf den Rücken.
»Ist alles gut? Soll ich dir was zu trinken holen?«, fragt Janine und reibt sich die Augen.
Ab einem gewissen Alter fällt das Weinen vor den Eltern schwer, aber danach ist einem meistens leichter um die Brust.
»Geht schon, geht schon«, keucht die Mutter und hält sich an der Stuhllehne fest. »Ich habe seit Tagen so ein Kratzen im Hals. Furchtbar trocken. So ganz auf dem Dampfer bin ich wohl nicht.«
Sie hustet wieder und ihr ganzer Körper schüttelt sich.
»Das habe ich bestimmt von der Tante Ellie, die quält sich auch seit Tagen mit so einer heftigen Erkältung.«
»Ich mache dir einen Tee«, sagt der Vater und eilt in die Küche. »Willst du auch einen, Mäuschen?«

Janine weiß nicht, was sie sagen soll. Ganz unwirklich kommt ihr diese Situation gerade vor. Wie ein Traum, den man kurz vor dem Aufwachen träumt und nicht weiß, wie viel davon nun Wahrheit ist oder Ausgeburt der Fantasie. Sie spürt förmlich, wie sich die Zahnräder in ihrem Kopf drehen und plötzlich, heftig, mit einem Klicken einrasten. Ihre Augen werden groß.

»Papa!«, ruft sie, »Wo habt ihr das Fieberthermometer?«

»Im Badezimmerschränkchen, wo es immer war. Wieso?«

Sie stürmt los und öffnet den Spiegelschrank im Bad. Kramt hinter Schlankheitspillen und Augentropfen nach dem Fiebermessgerät. Zum Glück sind die Batterien noch geladen. Sie wäscht das Gerät gründlich ab, nimmt eine lebensmittelechte Seife und schüttelt es ein paar Mal durch die Luft. Dann steckt sie sich die kühle Metallspitze unter die Zunge. 36,7°C. Normaltemperatur. Sie hält es wieder unter Wasser. Mindestens zwanzig Sekunden, auch wenn ihr das gerade viel zu langsam geht.

»Was machst du denn da drin?«, klopft ihre Mutter an den Türrahmen und hält sich dann die Hand vor den Mund, um ein erneutes Husten zu dämpfen.

Janine dreht sich um und wirft ihr das Fieberthermometer zu.

»Misst du bitte mal deine Temperatur«, sagt sie und versucht, ihre Stimme ruhig zu halten.

Man könnte ebenso gut versuchen, den Saft wieder in eine Zitrone zu pressen.

»Was soll das, ich bin nur ein bisschen malade«, steckt sich aber doch die Metallspitze in den Mund und dreht das Thermometer hin und her.

Ein paar Augenblicke passiert gar nichts. Janine steht der Schweiß auf der Stirn, ihre Mutter zieht die Augenbrauen zusammen. Dann piept es einmal kurz und das Display leuchtet rot. 38,7°C.

»Was ist denn hier drin los, tauscht ihr Geheimnisse unter Frauen aus?«, fragt der Vater kichernd aus der Küche, aber als er um die Ecke kommt, vergeht im das Lachen schlagartig. »Alles okay bei euch? Geht's dir nicht gut, Mäuschen?«

Janine schüttelt den Kopf.

»Mama hat Fieber«, sagt sie tonlos.

»Ach was, das sind die Wechseljahre«, sagt diese und lächelt schwach. »Komm du mal in mein Alter.«

»Hm, willst du dich nicht lieber hinlegen? Du bist auch ziemlich blass, Regine«, sagt der Vater mit gerunzelter Stirn und legt ihr sanft die Hände auf die Schultern.

Er schaut prüfend in ihr Gesicht und seine Miene wird immer besorgter.

»Komm, leg dich doch kurz ins Bett, danach geht's dir bestimmt besser.«

Kurz will sie sich wehren, aber viel bringt es nicht, und sie wird vom Vater ins Schlafzimmer geschoben. Die Tür geht zu und es ist still im Haus.

Janine läuft im Wohnzimmer auf und ab. Jegliche Müdigkeit, alle körperlichen Schmerzen sind vergessen und ihre Gedanken rasen auf Hochtouren. Was nun? Wie lange dauert so ein Kontakt? Eine einzige Umarmung! Warum ist sie überhaupt gekommen? Sie verzieht die Lippen zu einem stummen Schrei und stampft mit den Füßen auf. Es ist zum Verzweifeln. Sie geht kurz in die Hocke und fährt sich über das schweißnasse Gesicht. Vielleicht würde es helfen, wenn ich mich abdusche, denkt sie. Schnell zieht sie die Klamotten aus und wirft sie unsanft auf die Couch. Sie eilt ins Badezimmer, schnappt sich die Seife und reibt sich von Kopf bis Fuß ein, kaltes, klares Wasser, dann wickelt sie sich in ein frisches Handtuch aus dem Schrank und versucht dabei, so wenig wie möglich anzufassen. Bestimmt ist sie davongekommen. Auf jeden Fall. Ihre App wird einen Kontakt mit geringem Risiko anzeigen, nur weiß sie in diesem Fall ausnahmsweise, wer dieser geheimnisvolle Kontakt war. Wie bei einer Dating-App, nur, dass man explizit niemanden treffen möchte. Da klopft es sachte an der Tür.

»Mäuschen? Bist du da drin?« Es klopft noch einmal.

»Geht's dir gut?«

»Komm bloß nicht rein!«, ruft Janine mit hoher Stimme und kommt sich vor wie eine Teenagerin, die unter Panik ihre erste Periode verstecken will. »Wo ist Mama?«

»Sie schläft. Ihr scheint es wirklich nicht so gut zu gehen, vielleicht kommst du besser ein anderes Mal wieder«, dringt die Stimme ihres Vaters durch die Tür.

Das ist keine schlechte Idee, denkt sich Janine in diesem Moment. Ja, ich ziehe mir meine Sachen an, meine Jacke und Schuhe, nehme meine Tasche und gehe einfach nach Hause. Einen schönen Tag mache ich mir, genau wie Nadja gesagt hat. Sie schaut sich ihre Augen im Spiegel an. Sind sie schon gerötet? Die Pupillen etwa vergrößert? Ich gehe einfach durch diese Tür und dann gönne ich mir eine Pause, trinke ein, zwei Tässchen Kaffee und schaue mir endlich diese eine Folge *Six Feet Under* an, die ich jeden Abend anfange und dann doch nicht zu Ende bringe. Das ist eine gute Idee, oder?

Ihr Kopf schüttelt sich ganz von alleine. Zwei Mal klatscht es laut, als sich ihre Hände von ihrem Körper loslösen und ihr links und rechts auf die Wangen schlagen. Nein! Zusammenreißen. Dabei droht alles in ihr auseinanderzufallen. Sie krallt sich am Waschbecken fest und atmet tief ein und aus. Sicherheit geht vor, Sicherheit geht vor, das muss das Mantra sein, Sicherheit geht vor. Sie könnte zwar keine Toten mehr anstecken, aber Claudius, Nadja, Roman, Beate, Achim. Und die würden dann nichtsahnend nach Hause gehen und so weiter und so fort. Es geht so schnell. Ein kleiner Wimpernschlag. Sicherheit geht vor. Sie sieht die alte Dame vor sich, aus *Haus Nikolaus*, die so friedlich eingeschlafen zu sein schien. Schaum um die Lippen, vom vielen Husten. Oberkörper und Rücken übersät von blauen und gelben Flecken. Ein rauer Schlag auf den Brustkorb ist für viele immer noch ein legitimes Mittel, um den lästigen Hustenreiz stoppen zu wollen. Ein rotes Schild am großen Fußzeh, das sind die ganz gefährlichen Fälle. Und das weiße Kreidekreuz. Überall nur Kreuze, aber sie, Janine Richter, sie wird kein solches Kreidekreuz werden, und sie wird auch nicht verantworten, dass sie irgendjemandem in ihrem Umfeld ein solches Kreuz auf den Sarg wird malen müssen.

»Wir müssen uns testen lassen, Papa«, sagt sie und über ihre Stimme legt sich eine beruhigende Gewichtsdecke, wie man sie einem Kind an Silvester um die Schultern legt, wenn um einen herum alles bunt und laut zu explodieren scheint. »Es gibt keine andere Alternative.«

X

Die Beschaffung der Tests war kein Problem. Innerhalb einer Stunde nach dem Anruf beim Gesundheitsamt lagen drei einzeln versiegelte Testpackungen in ihrem Briefkasten. Janine hat darauf bestanden, ihren Test im ›Steinschuppen‹ durchzuführen und die Zeit bis zum Feststehen des Ergebnisses dort zu verbringen. Womit sie nicht gerechnet hat, ist der erneut einsetzende Schnee und die fehlende Heizung. Zumal der Test im Labor bis zu vier Tage dauern kann. Seit die Selbsttests so eine hohe Fehlerquote aufweisen, besteht sie für sich und ihre Mitarbeitenden ausnahmslos auf Laborergebnisse. Selbst wenn der Test negativ ausfallen wird, denkt sie bei sich, werde ich mir hier bestimmt eine Lungenentzündung einfangen. Warum musste im Keller auch ausgerechnet jetzt ein Wasserrohrbruch sein?

Sie reißt das Päckchen auf und holt ein langes Wattestäbchen heraus. Dann wollen wir mal, macht sie sich Mut, und schielt noch einmal auf die beiliegende Bedienungsanleitung:

> *Streichen Sie den Bereich des weichen Gaumens, der Rachenhinterwand und des Zungengrundes unter leichtem Drehen des Watteträgers ab.*

Das sollte sie wohl hinbekommen. Gerade in der Mundhöhle kennt sie sich aus, da bei der Präparierung der Verstorbenen der offen stehende Mund oft händisch wieder verschlossen werden muss. Nadel und Faden sind hier die eleganten wie naheliegenden Zaubermittel. Sie schiebt das Hölzchen bis ganz nach hinten zum Gaumen und streicht ein paar Mal auf der Schleimhaut hin und her. Als der Wattekopf schon schwer von ihrem Speichel ist, scheint es genug zu sein. Nun ist die Nase dran. Hier hat sie schon oft gehört, dass Schmerzen keine Seltenheit seien. Das kann sie ja nun am lebendigen Leib erproben.

> *Führen Sie das Wattestäbchen in ein Nasenloch bis zum Nasopharynx an der Hinterwand, wo Sie einen leichten Gegendruck verspüren, unter leichtem Drehen ein. Dann ziehen Sie den Watteträger wieder aus dem Nasenloch heraus und vollziehen das Gleiche nun mit dem zweiten Nasenloch.*

Sie tut wie beschrieben und es tut nicht weh. Kein bisschen. Natürlich ist es unangenehm und biegt man falsch ab, kommt man relativ schnell zur Stirnhöhle und danach gleich zum Gehirn, aber an sich ist die ganze Prozedur doch sehr schnell und schmerzfrei vonstattengegangen. Janine steckt das lange Wattestäbchen ins Röhrchen, bricht den Stab am Rand ab und setzt die Verschlusskappe auf. Gut verschrauben, dass keine Verunreinigung das Ergebnis verfälscht. Fertig. Janine schickt ihrem Vater eine SMS und legt das Testpaket vor dem Schuppen ab. Sie hört ihn schon von Weitem über den Kies laufen. Vor der Tür bleibt er stehen. Seine Knie knacken, als er sich bückt.

»Mäuschen«, ruft er. »Der Adler ist gelandet! Dein Test ist bei mir angekommen. Ich habe dir ein Tablett mit Essen hingestellt. Deine Mutter besteht darauf, dass du den Kuchen bekommst, den sie extra für dich gebacken hat. Steht alles vor der Tür, aber hol es dir schnell, bevor die Ameisen alles wegtragen.«

»Alles klar, danke Papa! Habt ihr den Test auch schon gemacht? Hat alles geklappt?«

»Ja, wir haben es genau nach Anleitung gemacht. Ich soll dir ausrichten, dass deine Mutter findet, dass du übertreibst.«

Wie ein Blitzeinschlag flackert vor Janines Augen die alte Dame aus dem Altenheim wieder auf und sie holt schon Luft, um Antwort zu geben, da fährt ihr Vater fort:

»Aber von mir kann ich dir ausrichten, dass es mir leidtut und ich hoffe, dass wir alle gesund sind. Oder, dass es zumindest nur eine Erkältung ist.«

Sie zögert, ihr fallen keine Worte ein. Da drängt sich diese unsägliche Postkarte wieder auf und sie sagt schließlich:

»Das Leben geht weiter.«

Ob ihr Vater noch vor der Tür steht oder schon wieder ins Haus gegangen ist, kann sie nicht sagen.

Der Kuchen schmeckt wunderbar und das ärgert sie maßlos. Dämlicher Nusskuchen. Ohne den wäre sie vielleicht nie hergekommen. Sie hat sich zwei staubige Decken sowie einige alte Kissen aus den deckenhohen Regalen geholt und damit ein kleines Lager gebaut. Eine Flasche Limonade hat ihr der Vater dazugestellt und sie fühlt sich wie bei einem Kindergeburtstag. Oder wie ›Michel aus Lönneberga‹. Vier Tage wird sie nun im ›Steinschuppen‹ festsitzen. Es ist alles durchgeplant, ihr Vater wird sie mit Essen und Trinken versorgen. Wenn sie auf die Toilette muss, schreibt sie eine kurze SMS und ihre Eltern schließen sich im Schlafzimmer ein. Jeglicher Kontakt wird vermieden. Zumindest die Schadensbegrenzung hat jetzt oberste Priorität. Sie schaut sich um. Von der Decke baumelt eine nackte Glühbirne und beleuchtet alle Ecken des kleinen Raumes. Eine Wandseite wird von einer großen Werkbank eingenommen, darüber hängen an einer Magnetleiste allerlei Werkzeuge, Schmirgelpapiere und millimeterdünne Bohrköpfe. Links und rechts davon stehen Regale, eines davon vollgepackt mit Stein- und Marmorklötzen jeder Farbe, Form und Größe. Viel gibt es hier nicht zu tun. Wenigstens hat sie ihr Handy dabei. Und Steckdosen gibt es auch, halleluja. Sie wischt auf dem Display herum, um sich irgendwie abzulenken. Als Erstes ruft sie Nadja an, gerade müsste sie in der Pause zwischen zwei Trauerfeiern sein. Besetzt. Durch die ganzen Regularien dauert alles wohl etwas länger. Dann versucht sie es bei Claudius. Immerhin ein Freizeichen.

»Hallo, Rosteck?«

»Claudius, wie gut, dass ich dich erwische! Es gibt ein Problem.«

»Schieß los! Ist alles klar bei dir?«, klingt Claudius ernsthaft besorgt.

»Ja und nein«, sagt Janine. »Ich stecke bei meinen Eltern fest. Es ist eine lange Geschichte. Jedenfalls habe ich heute einen Labortest gemacht und hänge jetzt vier Tage hier auf dem Abstellgleis bis ich das Ergebnis bekomme.«

Beinahe muss sie lachen, auch wenn die Situation alles andere als lustig ist.

»Ohje, Janine! Aber geht es dir gut oder fühlst du dich irgendwie krank?«

»Nein nein, alles in Ordnung. Ich will nur absolut kein Risiko eingehen, auch wenn ich euch natürlich auf gar keinen Fall im Stich lassen will.«

»Mach dir um uns keine Sorgen. Es ist besser, du lässt das abklären, bevor hier auch noch die Seuche ausbricht.«

»Mach ich, ich halte euch auf dem Laufenden. Sag Nadja bitte, dass sie die Dienstpläne anpassen soll. Und meldet euch jederzeit, falls Fragen aufkommen oder etwas schiefläuft. Ich werde nicht viel zu tun haben und freue mich über jede Ablenkung.«

»Alles klar. Aber alles geschieht aus einem Grund, Janine, und vielleicht sollst du dich einfach mal ein paar Tage ausruhen und nicht mit den Toten beschäftigen. Wir regeln hier alles, mach dir um uns keine Sorgen. Sogar Achim kommt langsam aus sich heraus, vielleicht ist der Job hier doch etwas für ihn. Ich frage Anna und Mareike, ob sie noch ein paar Tage länger aushelfen können.«

Es scheint tatsächlich auch ohne sie zu laufen. Vielleicht geschieht wirklich alles aus einem Grund.

»Freut mich zu hören«, sagt Janine. »Danke. Ich melde mich so schnell ich kann.«

»Tu das. Bis dann, Janine. Und viel Glück, wenn man das so sagen kann.«

»Bis dann, Claudius, grüß mir die anderen.«

Sie legt auf. Durch das kleine Milchglasfenster in der Tür dringt schon kein Tageslicht mehr und sie hört leise den Schnee auf das Dach rieseln. Vielleicht hat Claudius ja wirklich recht. Immerhin muss sie hier nicht in einem Sarg schlafen, sondern hat eine Luftmatratze, die sie nun unter heillosem Quietschen mit einer kleinen Fahrradpumpe aufbläst. Darauf breitet sie eine der Decken aus, in eine andere wickelt sie sich ein. Sie knipst das Licht aus und versucht, zu schlafen.

Sonntag

Es ist langweilig. Es gibt nichts zu tun. Sie friert. Sie will nach Hause. Sie will in die Pietät und nach dem Rechten sehen. Früher hat sie sich oft versteckt im ›Steinschuppen‹, nun kommen ihr diese sechs Quadratmeter vor, wie das entlegenste Fleckchen Erde. Wenigstens geht es ihr gut. Sie hat keine Symptome und sie fühlt sich nicht krank. Aber sie hat auch schon Leute unter die Erde gebracht, bei denen das beste Befinden bitter getäuscht hat. Das Frühstück war in Ordnung. Haferflocken mit Orangensaft zu einem schleimigen Brei vermischt. Schneien tut es immer noch. Ein paar Nachrichten hat sie mit ihrem Vater per SMS ausgetauscht, aber als er angefangen hat, plötzlich lustige Schlumpf-Bilder zu verschicken, hat sie den Kontakt vorläufig abgebrochen. Zu seinem eigenen Schutz.

Mit klammen Fingern fährt sie über die Gesteinsbrocken im Regal. Einhundertsechsundsiebzig kam nach dreimaligem Nachzählen einstimmig heraus. Rau und kühl fühlen sie sich an. Da springt ihr ein grober Stein ins Auge. Schwarz mit feinen weißen Linien. Sie nimmt ihn in die Hand und wiegt ihn schwer, es ist bestimmt Marmor. Ihr Vater macht aus so etwas oft Tauben oder Kreuze oder manchmal auch Pilze, die sich Leute dann auf das Grab stellen lassen. Allzu groß ist das Stück ja nicht. Es passt gerade so in ihre beiden Handflächen. Auf der Werkbank abgestellt sieht der Stein fast ein bisschen verloren aus. Janine läuft in einem Halbkreis darum herum. Ja wieso eigentlich nicht? Sie reibt sich das Kinn, versucht, ihren letzten Krümel Vorstellungskraft zu aktivieren. Sie hat doch schließlich Zeit. Eine bessere Beschäftigungstherapie kann sie sich nicht vorstellen.

Sie dreht den Stein ein wenig, stellt ihn auf den Kopf, um einen passenden Winkel zu finden. Vielleicht wird ja wirklich etwas daraus. Und selbst wenn nicht, kann sie nicht die ganze Zeit hier herumsitzen und warten, bis der Schnee taut. Sie fährt mit dem Finger über eine der scharfen Kanten. Aber vielleicht ist Schutzkleidung doch nicht die schlechteste Idee, denkt sie und holt ein dickes Paar Arbeitshandschuhe aus der Schublade, setzt sich eine große Plastikbrille auf.

An kleinen Messinghaken hinter der Tür hängen Schürzen und sie bindet sich eine um, die nicht auf dem Boden schleift. Kurz ziehen sich die Mundwinkel nach oben, denn sogar ihre Kinderschürze hängt noch fein säuberlich neben den anderen. Sie erinnert sich noch, wie sie das weiße Leinen selbst bemalen durfte. Bunte Handabdrücke übersähen den groben Stoff und unten in die Ecke hat sie sogar ihren Namen geschrieben. ›Weil eine Künstlerin ihr Werk immer signiert‹, hatte die Mutter stets gesagt. Ohne weiter groß darüber nachzudenken, beginnt sie mit der Arbeit.

Montag

Es ist nicht mehr ganz so langweilig. Immerhin gibt es etwas zu tun. Die Bewegung holt ihren Körper aus der Starre und sie friert kaum noch. Heute haben die Geschäfte des täglichen Bedarfs wieder geöffnet und die Nachbarn waren so nett, einige Einkäufe für die Eltern zu erledigen. Rührei gab es also zum Frühstück, mit Käse und einer aufgeschnittenen Tomate. Trotz oder gerade wegen der Quarantäne wollen sie es sich wenigstens gut gehen lassen, so der Tenor des Vaters. Die Mutter würde immer noch das Bett hüten, aber das Fieber sei etwas gesunken. Er sagt es nicht ohne eine Spur Erleichterung.

»Aber wie geht es dir?«, ruft Janine durch die Tür und schiebt sich eine Tomatenscheibe in den Mund.

»Ganz okay«, sagt der Vater. »Sie ist stolz, das musst du verstehen. Und sie wollte dich unbedingt sehen – ich glaube nicht, dass sie es böse gemeint hat.«

Janine schmatzt.

»Gut gemeint ist das Gegenteil von gut gemacht«, sagt sie nach einer Weile, möchte die Worte aber am liebsten gleich wieder einfangen und unter ihrem Rührei vergraben.

»Ich weiß, Mäuschen, ich weiß«, und sie glaubt, ein Lächeln in seiner Stimme herauszuhören.

»Ich gehe wieder rein, mir ist kalt. Sag Bescheid,

falls du was brauchst oder ins Bad willst.«

»Alles klar. Danke, Papa.«

Sie hat den Frühstücksteller schon gegen eine große Feile getauscht. Als die Schritte auf dem Kies verklungen sind, macht sie die Steinschuppentür auf. Es staubt wie in der Sahara. Jedes Eckchen, das sie abschleift, pulverisiert sich in eine Million kleinster Teile und setzt sich in den Ritzen ihrer Kleidung und Wurzeln ihrer Haare ab. So langsam bringt sie den groben Stein in Form. Im Kern hat er die Gestalt einer aufrechten Kartoffel. Die soll er behalten, mit einer kleinen, runden Ausbuchtung an einem Ende. Es wird. Mit etwas Fantasie. Früher hatte sie nie besonderes handwerkliches Geschick an den Tag gelegt, aber, und hier schiebt sie die Unterlippe etwas nach vorne, vielleicht kann man das ja gelten lassen. Vielleicht wird ja doch eine ganz passable Figur daraus und wenn sie nur ihren Daseinszweck erfüllt. Ihre Finger gewöhnen sich immer mehr an diese auf ihre Weise doch filigrane Arbeit, denn was ab ist, das bleibt auch ab. Sie muss genau planen, welchen Meißel sie wo ansetzt, damit genau dort diese Rundung entsteht und hier ebenjene scharfe Kante. Immer wieder nimmt sie mit dem Daumen Maß. Mit jedem Meißelschlag, den sie dem Stein versetzt, wird sie ein kleines Stück zufriedener.

weiße kreidekreuze

Dienstag

Sie ist wie besessen. Der Staub steigt ihr in die Augen, legt sich wie trockene Sägespäne auf die Zunge und löst in ihrem Hals ein Kratzen und Husten aus. Aber sie weiß immerhin, woher das kommt. Kein Grund zur Beunruhigung, kein Grund zur Panik. Ihre Zunge schiebt sich zwischen die Lippen. Die halbe Nacht hat sie daran gearbeitet, die Ohren sind wirklich ein Problem gewesen. So klein und gewölbt, aber auch spitz sollten sie sein. Ebenso perfekt wie das Original. Mit einem kleinen Kratzwerkzeug hat sie sie schließlich fertiggestellt. Manchmal flüstert sie nun hinein, sagt geheime Dinge, und hofft, dass sie dort sicher aufgehoben sind. Immer wieder überprüft sie den Stein von allen Seiten, ob auch jeder Winkel gelungen ist, nicht, dass die Proportionen am Ende nicht stimmen. Mit einer großen Feile, die fast so lang wie ihr Unterarm ist und kratzig wie eine Katzenzunge, reibt sie an dem Stein herum und trägt Schicht um Schicht des für die Figur überflüssigen Materials ab.

Die Kälte spürt sie schon lange nicht mehr. Das Tablett mit dem Frühstück (Rostbratwürstchen mit Bratkartoffeln) steht unangetastet vor der Tür. Eine gut organisierte Ameisenkolonie macht sich schon über die goldbraun gebratenen Kartoffelecken her und trampelt eine Schneise in den

Schnee. Zum Haus hat sie gar keinen Kontakt mehr und war heute noch nicht einmal auf der Toilette gewesen. Stattdessen feilt und feilt und feilt Janine an dem Stein herum und bearbeitet gerade das Hinterteil. Auch keine einfache Aufgabe. Ganz im Gegenteil, vielleicht ist das sogar die schwerste Stelle der Figur. Es soll rund sein, aber auch kräftig. Weich soll es wirken, trotz des harten Ausgangsmaterials. Sie beschließt, am vorderen Ende weiterzumachen, definiert die herzförmige Brust, zwei kleine Pfoten und die Schnauze. Wenn sie die Augen schließt, sieht sie das Original vor sich. Von der Erinnerung ist es aber noch ein weiter Weg bis zur Skulptur.

Zwischendurch pustet sie den Staub ab. Überall hat sich eine dicke, schwarze Schicht abgelegt. Manchmal macht sie die Tür schnell auf und zu und wedelt mit dem Handtuch wie eine Saunameisterin. Selbst am Zahnfleisch spürt sie die Ablagerungen, es schmeckt nach Stein. Der fahle Gedanke an Knochenasche schießt ihr durch den Kopf, aber er verblasst so schnell wie der Geruch von Regen an einem Sommertag. Alles ist egal, wenn sie nur diese Figur fertigbekommt. Ein Abschluss. Fieberhaft sucht sie nach dem richtigen Werkzeug an der Magnetleiste über ihrem Kopf. Wo ist er bloß? Früher hat sie doch immer so gern damit gespielt. Zwischen den Sägen und Schleifscheiben ist er nicht und in der Schublade ist auch nichts davon zu entdecken. Sie fasst sich an den Kopf. Da fühlt sie etwas Hartes, ganz nah bei ihrer Schläfe. Juhu, da ist das Hämmerchen! Parkt man einmal etwas hinter dem Ohr, vergisst man es sehr schnell, aber zum Glück hat sie es gefunden. Der winzige Hammerkopf ist kleiner als ihr Daumennagel. Er hat genau die richtige Größe und das richtige Gewicht für letzte Abschlagungen. Und das ist genau das. Was. Die. Schnurrhaare. Noch. Brauchen. Jedes Wort ein Schlag und schließlich schaut Janine in ein sehr grimmig dreinschauendes Gesicht.

Mittwoch

Mit einem weichen Tuch poliert sie die fertige Skulptur bis sie glänzt. Stolz ist Janine auf ihren kleinen Marmorkater. Mortimer. Marmortimer. Es gibt Dinge, die haben einfach den richtigen Namen. Wie Quasselstrippe. Oder Huckepack. Oder Schlafmangel, denn an dem leidet Janine im Moment auf jeden Fall. Alles Worte für ihr Notizbuch. Marmortimer. Sie stößt die Tür weit auf und lässt sich mit dem Gesicht voraus auf das gefrorene Gras fallen. Rudert ein wenig mit den Armen, es könnte ein Schneeengel werden. Die Kälte steigt ihr in die Nase und sie kaut ein wenig an den grünen Büscheln. Jegliches Gefühl für Raum und Zeit hat sie verloren mit jedem Millimeter Marmor, den sie abgetragen hat. Es gibt nicht viel, was sie in diesem Moment fühlt, hauptsächlich Müdigkeit, etwas Schmerz in den Schultern und Händen ist auch dabei. Aber sie hat es geschafft. Ihre Haare stehen in einem Strubbelkranz von ihrem Kopf ab, als versuchten sie, sich buchstäblich von ihr wegzubewegen, und ihr Körper ist von einer Staubschicht überzogen. Sie schaut aus, als wäre ihr ein Reagenzglas aus dem Chemiebaukasten in der offenen Hand explodiert. Dann ist da plötzlich dieses Brummen wieder, es kommt aus dem Schuppen und ein Lächeln nimmt ihr ganzes Gesicht ein. Brrrr. Marmortimer schnurrt, denkt sie. Brrrr. Brrrr. Wie schön. Brrrr.

»Mäuschen, kannst du mal bitte an dein Handy
gehen! Ich versuche, dich gerade anzurufen!«
Die Stimme ihres Vaters dringt von einem geöffneten Fenster heran an ihr Ohr. Sie hebt den Kopf. Schaut verdutzt in Richtung Haus. Stimmt, sie ist ja immer noch bei ihren Eltern. Hinter ihr ist der ›Steinschuppen‹. Brrrr. Mühsam stemmt sie sich auf alle Viere und kriecht zurück in die Werkstatt. Unter einer halb aufgegessenen Tomatenscheibe findet sie schließlich ihr Mobiltelefon und nimmt ab.

»Richter, hallo?«

Ihre Stimme ist rau wie Sandpapier und eine halbe Oktave höher als normal. Sie streicht sich hektisch die Haare glatt, als ob man sie durch den Telefonhörer auch sehen könnte.

»Mäuschen, ich bin es. Papa. Die Testergebnisse
sind da. Deine Mutter ist positiv. Also im Moment gerade nicht, da würde ich ihre Stimmung durchaus als negativ bezeichnen, aber sie hat es definitiv. Ich bin zwar negativ getestet worden, darf das Haus aber vorerst nicht mehr verlassen, verstehst du? Ich habe deinen Umschlag auf die Fußmatte gelegt, vielleicht holst du ihn gleich ab?«

Mit einem lauten Knall fällt Janine alles wieder ein. Aus ihren Poren tritt der Schweiß und wäscht sofort jeden Marmorstaub aus ihrem Körper.

Ganz klar sind ihre Gedanken auf einmal und sie spürt, wie das Adrenalin durch ihre Adern rast. Es ist also real. Und die Sorgen schlagen auf sie ein mit der Wucht einer Abrissbirne. Wie geht es ihrer Mutter? Was macht die Pietät? Hat sie es auch? Würde sie es überhaupt merken, wenn...

Mit schnellen Schritten eilt sie zur Vordertür und sieht aus der Ferne schon den großen weißen Brief. JANINE RICHTER, das ist sie. Das Papier wirkt wie ein Verstärker auf ihr unkontrollierbares Zittern. Der Umschlag fühlt sich nicht sehr dick an. Wäre es eine Bewerbung, würde sie mit einer Absage rechnen. Sie reißt die Lasche oben auf und entfaltet zwei DIN A4-Bögen Papier.

> *Sehr geehrte Frau Richter,*
> *anhand des von Ihnen abgegebenen Testmaterials ███████ können wir eine Infektion mit dem Erreger ███████ mit einer Sicherheit von bis zu 100 % ausschließen.*
> *Bitte seien Sie weiterhin vorsichtig und bleiben Sie gesund!*
> *Ihr Testzentrum ███████*

Auf dem zweiten Schriftstück ist noch einmal eine Übersicht mit allen Maßnahmen zur Prävention einer Infizierung, wichtigen Telefonnummern und Verhaltensempfehlungen für den Alltag. Janines Blick hebt sich und sie schaut zum Horizont, wo sie schon eine ganze Reihe weißer Kreidekreuze erahnt hat. Sie ist gesund. Auch wenn es sich nicht unbedingt so anfühlt.

»Und, Mäuschen? Bist du auch so negativ wie ich?«, hört sie die Stimme ihres Vaters über sich. Sie legt den Kopf in den Nacken. Er hat seinen Oberkörper aus dem kleinen Dachbodenfenster gelehnt und strahlt sie an. Sie nickt.

»Dachte ich's mir doch. Warst schon immer ein Papakind. Jetzt mach aber, dass du wegkommst, bevor du mir da unten noch festfrierst.«

»Wie geht's Mama?«

»Besser, sie meckert schon wieder den ganzen Tag. Ein bisschen hustet sie noch, aber ich glaube, das Gröbste hat sie überstanden.«

»Okay. Ruf mich aber bitte gleich an, wenn sich etwas ändert. Und sag ihr ›Gute Besserung‹ und ›Bussi‹.«

»Mach ich. Ach warte, beinahe hätte ich's vergessen.«

Sein Oberkörper verschwindet und sie hört ihn kramen. Nach einer Weile lehnt er sich wieder hinaus und lässt ein in Frischhaltefolie eingewickeltes Päckchen fallen. Hätte Janine nicht geistesgegenwärtig die Hände nach oben gerissen, wäre es ihr direkt auf den Kopf gefallen.

»Das soll ich dir von deiner Mutter geben. Schnitzel musste ich für dich braten und ein halber Gugelhupf ist auch dabei. Alles nach ihrer Anleitung. Lass dich bald mal wieder blicken, Mäuschen. Bussi!«

Ihr Vater winkt noch einmal und dann verschwindet er im Haus. Unter Kopfschütteln und mit einem mächtig mulmigen Gefühl im Bauch verlässt sie das Grundstück ihrer Eltern und kehrt nach tagelanger Abwesenheit endlich wieder in die eigene Wohnung zurück.

X

Bestimmt stapelt sich die Post in ihrem Briefkasten. Sie schließt die Tür unten auf und fischt ein Bündel Briefe heraus. Rechnungen für eine Wohnung, in die sie höchstens zum Schlafen kommt. Wenn überhaupt. Dieses Bett ist teuer. Eine Dusche wird sie zuerst brauchen, um den ganzen Staub abzuwaschen. Ihre Hände umklammern das kühle Marmorkätzchen. Je höher sie die Treppen steigt, desto besser kann sie sich vorstellen, wo es stehen wird. Auf den Balkon wird sie es stellen, in den ausrangierten Blumenkasten, den Mortimer so gerne als Toilette missbraucht. Dann ist er wenigstens nicht so allein, wenn er draußen sein Geschäft verrichtet. Aber irgendetwas kommt ihr komisch vor, als sie oben ankommt. Als hätte sie einen großen Denkfehler gemacht. Wobei sie ihren Gedanken nach den vergangenen Wochen ohnehin nicht mehr trauen kann. Ein Zettel klebt an der Tür. In krakeliger Schrift steht darauf:

Kümmern Sie sich gefälligst um Ihre Katze! Sie schreit den ganzen Tag und die ganze Nacht herum. Ich rufe die HAUSVERWALTUNG!!!

Sie reißt den Zettel ab und zerknüllt ihn zu einem kantigen Ball. Der Schlüssel zittert etwas, als er ins Schloss gesteckt wird. Als Janine die Tür zu ihrer Wohnung öffnet, merkt sie gleich, dass etwas nicht stimmt. Es ist ruhig. Hier schreit doch gar keine Katze. Aber: Es steht auch keine Katze an der Tür und begrüßt sie mit einem vorwurfsvollen Blick. Janine streift im Gehen die Schuhe ab und wirft die Jacke achtlos auf den Boden. Da schlägt ihr ein bestialischer Gestank ins Gesicht. Das Katzenklo. Sie war seit beinahe einer Woche nicht mehr Zuhause gewesen. Es dauert nicht lange und sie entdeckt die ersten Spuren auf dem Parkett. Um Himmels Willen. Was ist passiert?

»Mortimer?«, ruft sie vorsichtig. »Morti, Frauchen ist wieder da!«

Sie geht den Flur entlang und späht ins Wohnzimmer. Nicht in der Küche und im Waschbecken ist er auch nicht. Das Marmorkätzchen stellt sie achtlos auf den Wohnzimmertisch. Ihre Wohnung ist verwüstet. Überall liegen Papierfetzen von Essenskartons herum. Der Boden ist verschmutzt und in den Ecken sind verkrustete Pfützen. Janine weint, die Tränen strömen über ihre Wangen und es trifft sie wie ein Hammer hart und kalt auf den Schädel. Sie war tagelang fort. Hat sich um die Toten gekümmert, die Kranken, aber nicht um Mortimer. Mortimer, Mortimer, ihr schwarzer Kater musste allein in ihrer Wohnung ausharren und, auch wenn sie an ihn gedacht hat, so hat sie nicht daran gedacht, dass er ja auch essen und trinken muss, dass er auf die Toilette will und auf sie wartet, ganz allein. Am Fenster sitzt und nach ihr Ausschau hält, sich fragt, wo sie so lange bleibt, und sich womöglich Sorgen macht. Janine sinkt auf die Knie.

»Mortimer«, ruft sie.

Es bleibt fürchterlich still.

»Komm her, Mortimer. Ich hab dir auch was mitgebracht. Frauchen ist da!«, mischt sich Zorn in ihre Stimme.

Aber sie weiß genau, dass das noch nie geholfen hat.

Dieser alte Sturkopf, immer muss nach seinen Regeln gespielt werden. Klopfte Janine auf die Couch, legte er sich auf den Boden. Füllte sie ihm Trockenfutter nach, wollte er lieber Nassfutter. Wenn sie nach ihm rief, blieb er versteckt. Natürlich würde er jetzt nicht kommen. Er ist beleidigt und spielt mit ihren Gefühlen. Sie wischt sich die Tränen von den Augen, genau, bestimmt wartet er so lange, bis er eine Gegenleistung von ihr bekommt. Sie geht zum Schrank und sucht die besten und saftigsten Leckerlis heraus, die sie finden kann. Dann kommt der Trick und bis jetzt hat er noch immer gewirkt. Sie stellt sich in die Mitte des Flurs und – raschelt. Es bleibt still. Sie – raschelt. Geht in jedes Zimmer und – raschelt. Normalerweise kann keine Katze diesem himmlischen Geräusch widerstehen. Aber es bleibt trotzdem so still in der Wohnung.

Da wirft sie die Leckerlis beiseite und geht wieder auf die Knie. Robbt sich auf dem Boden entlang und versucht, den verschmutzten Stellen großräumig auszuweichen. Kommt sie eben zu ihm. Er ist bestimmt sauer. Sie krabbelt durch die Wohnung und schaut unter jeden Tisch und hinter jeden Schrank. Stößt im Vorbeikriechen die Stühle aus dem Weg. Hier findet sie nur Wollmäuse. Schon einmal war Mortimer nicht auffindbar gewesen. Sie hatte machen können, was sie wollte, er tauchte nicht auf. Keine Spur fand sie von ihm, bis aus der Küche ein klagvolles Winseln gekommen war. Mortimer hatte hinter dem Ofen festgesteckt. Mit dem Kopf voraus hatte der kleine Vielfraß sich hinter die Leisten gezwängt, weil er einen kleinen Krümel Speck dahinter vermutet hatte. Da seine Statur aber nicht gerade als zierlich beschrieben werden kann, blieb er beim Rückwärtsgang einfach stecken und musste ausharren. Ganz staubig war er gewesen, hatte beinahe ausgesehen wie ein Schneekönig. Ihr Lachen von damals reicht bis in die Gegenwart hinein. Aber hinter dem Ofen ist er auch nicht, ebensowenig hinter der Spülmaschine, dem Computer oder Kühlschrank. Das Lachen vergeht ihr wieder.

Vielleicht ist er davongelaufen? Hat sich ein Loch durch das Plastik unter den zugigen Fenstern gebissen und ist über den Balkon geflohen. Sie geht ganz nah an die Scheibe heran, aber die Tür und das Katzennetz scheinen unversehrt. Einen Sprung aus dem vierten Stock hätte wahrscheinlich auch die stärkste Katze nicht überlebt. Aber wenn er auch nicht fortgelaufen ist, wo steckt er dann?

Sie durchsucht erneut die ganze Wohnung und wirft sogar noch einen kurzen Blick ins Bad, obwohl sie hier schon ein dutzend Mal nachgeschaut hat. Und dort ist er schließlich. Sie weiß sofort, dass er tot ist. Er schläft nicht, er ist nicht ohnmächtig oder betäubt, er ist tot. Irreversibel. Ein Ei, das zerbrochen ist, kann man nicht wieder kleben, und diesen Kater wird man nicht wieder zum Leben erwecken können. Ihre Rippen ziehen sich zusammen und sie spürt einen physischen Schmerz direkt hinter dem Brustbein. Der Druck schnürt ihr die Luft zum Atmen ab und sie sinkt in einem stummen Schrei zu Boden. Mortimer.

»Mortimer«, flüstert sie und schlägt die Hände vor das Gesicht.

So normal und alltäglich der Tod auch ist für Janine, die jeden Tag mit Verstorbenen und ihren Angehörigen zu tun hat, so kalt und brutal ist er, wenn er einen selbst betrifft. Sie schaut über den Rand der Badewanne und dort liegt er. Ganz klein schaut er aus, wie das winzige Kitten, als das sie ihn vor über zwölf Jahren aus dem Tierheim geholt hat. Niemand wollte das schwarze Kätzchen haben. Aberglaube. ›Das ist unser Sorgenkätzchen‹, hatte die Tierpflegerin damals gesagt. Für Janine war es Liebe auf den ersten Blick. Jetzt genügt ein Blick, um festzustellen, dass ihr Mortimer tot ist. Seine Hinterläufe sind verkrustet und aus seinem Maul hängt die kleine blaue Zunge. Gelblicher Schaum auf seinen nadelspitzen Zähnen. Die wunderschönen Augen eingetrocknet. Verdurstet ist der Ärmste. Mit letzter Kraft hat er versucht, noch ein paar Tropfen aus dem Badewannenhahn abzuschlecken. Sie streichelt ihm über die kalte Pfote.

»Es tut mir so leid, es tut mir so leid«, schluchzt sie in seine Ohren, diese perfekten spitzen Öhrchen.

Aber er kann ihre Entschuldigung nicht mehr annehmen, und so schwebt sie im Raum umher und legt sich wie ein nasses Laken schwer über Janines Schultern.

Diese furchtbare Zeit, das große Leid und die unendliche Traurigkeit, die sie wieder überkommen. Verflucht sei alles! Sie beschließt, dass nur der Kuchen ihrer Mutter Schuld an allem hat.

Um ihren Großvater hatte sie nicht geweint. Er ist plötzlich gestorben, Herzversagen. Auch wenn die Mutter sein Geschäft übernommen hatte, weiß Janine alles über den Bestatterberuf von ihm. Er war ihre Bezugsperson, wenn die Mutter auf Fortbildungen war oder der Vater in der Werkstatt. Er hat ihr vorgesungen und Geschichten erzählt, auch wenn diese rückblickend vielleicht nicht unbedingt für Kinder geeignet gewesen waren. Als sein Sarg in die Erde gelassen wurde, hatte sie nicht geweint. Die Leute haben sich gewundert. Haben ihr Taschentücher zugesteckt. ›Es ist in Ordnung, lass deinen Gefühlen freien Lauf‹, haben sie gesagt und ihr die Wange getätschelt. Aber das tat sie schon. Sie war traurig, aber trauerte nicht. Der Großvater war alt gewesen und glücklich und seit er nicht mehr auf sie aufpassen musste, ist er ihr immer fremder geworden. Bis Weihnachten und Ostern und Geburtstage schließlich die einzigen Male im Jahr waren, an denen sie sich gesprochen hatten. Mit ihrer Beziehung zu Mortimer ist das nicht zu vergleichen.

Sie weint, bis alle Tränen ausgeweint sind, und ergibt sich dann in stummem Schluchzen. Immer war er da, sie war die ganze Welt für ihn. Auch wenn er ihr oft genug auf die Nerven fiel, war sie doch immer froh über die Gewissheit gewesen, dass, wenn sie die Tür aufschloss, schon jemand dort auf sie wartete. Mit missmutigem Blick zwar und säuerlicher Attitüde, aber er war nur für sie da. Sie war nie allein.

Betäubt reißt sie den Duschvorhang von der Stange und legt ihn auf den Körper ihres Katers. Dann füllt sie einen Eimer mit Wasser und Spülmittel und wischt die ganze Wohnung. In einem großen Plastiksack sammelt sie das Papier und den herumliegenden Müll und stellt ihn vorne an den Eingang. Sie öffnet die Balkontür, alle Fenster, und lässt Luft hinein, lässt alles Alte ziehen. Die Heizung macht sie an, es ist bitterkalt in allen Zimmern. Dann räumt sie die Spülmaschine aus, sortiert die Suppenteller und benutzten Töpfe und räumt alles an seinen Platz. Staubsaugen, den Müll bringt sie gleich herunter, und ab zum Supermarkt. Die Ecke mit den Tütensuppen umschifft sie weiträumig und kauft Brot, Eier, Milch und Salat. Als sie nach dem Einkauf wieder nach Hause kommt, sieht sie das Telefon blinken. Nadja. Sie ruft sofort zurück.

»Chefin, du lebst! Wir haben uns schon Sorgen gemacht.«

Es ist seltsam, eine Stimme aus der Vergangenheit zu hören. Sie weiß es noch nicht.

»Morti ist tot«, sagt Janine tonlos und sofort drückt eine schwere Traurigkeit ihre Kehle zu.

Auf der anderen Seite rauscht es kurz, dann hört sie nur schwere Atemzüge.

»Das tut mir so leid.«

»Ich- ich brauche den Tag heute noch, ist das in Ordnung?«

»Ja klar, ja, auf jeden Fall! Wir kommen wirklich gut zurecht, auch wenn die Lage nicht gerade besser geworden ist. Hier stapelt sich alles und jeder.«

»Morgen komme ich wieder. Wer arbeitet dann am Kremationsofen?«

»Ich habe Roman und Achim eingeteilt.«

»Roman soll fahren und Achim kann das Telefon in der Pietät hüten. Ich übernehme die erste Schicht im Krematorium.«

»Alles klar, du bis die Chefin.«

»Dann sehen wir uns morgen. Mach's gut Nadja.«

»Bis morgen. Melde dich, wenn ich etwas tun kann.«

Aber sie kann nichts tun. Es gibt so viel, das hätte getan werden müssen. Es nützt doch nichts. Janine muss wieder die Ärmel hochkrempeln und tun, was zu tun ist. Sie räumt zuerst das Eisfach ein, dann den Kühlschrank, dann die Vorratsschränke. Sie hat einen guten Grundstock an Ravioli, Kaffee und Toilettenpapier gekauft, falls sie noch einmal in Quarantäne muss. Es sind oft die kleinen, unscheinbaren Momente, in denen etwas passiert, auch wenn man noch so vorsichtig ist, wie sie weiß. Jetzt ist etwas passiert und sie wird es auch zu Ende bringen. Für Mortimer.

X

Auf ihre Ohren legt sich das Kreischen eines einfahrenden Zuges. Es ist fünf Uhr morgens und der Kremationsofen läuft schon seit drei Stunden auf Hochtouren. Trotz der Wattestöpsel spürt sie den Lärm wummernd auf ihrer Brust. Dutzende weiße Kreidekreuze warten darauf, den Flammen übergeben zu werden. Über die letzten Tage ist der Winkel noch ein paar Grad spitzer geworden, hat sie den Eindruck. Normalerweise schaut Janine nicht in die Nachrichten auf ihrem Handy. Heute Morgen tat sie es doch und wurde von einem neuen Rekordhoch, der höchste Wert seit vier Monaten, begrüßt. Es wird immer schlimmer. Der Vollschutz legt sich als zweite Haut auf ihren Körper und bleibt an ihr kleben. Sie bemerkt den Schweiß schon gar nicht mehr.

Mit stoischen Bewegungen führt sie die Arbeit aus. Klappe auf – Sarg rein – Klappe zu – Asche raus – Mühle an – Urne zu. Bei Bedarf wiederholen und der Bedarf ist ungebrochen. Es sind nicht nur mehr alte Menschen oder Menschen mit Vorerkrankungen. Heute sind gleich vier Pflegerinnen und Pfleger dabei. Eine davon kennt sie aus *Haus Nikolaus*. Sabine. Eine sehr nette Frau, mit der sie sich gut verstanden hat. ›Wir müssen unbedingt mal einen Kaffee zusammen trinken gehen‹, haben sie immer zueinander gesagt. Getan haben sie es nie. Jetzt ist es zu spät für Kaffee. Oft haben sie sich über die Zustände in der Pflege unterhalten. Am Ende hat es nur noch zu einem kurzen Kopfnicken gereicht, während sie zum nächsten Patienten geeilt ist. Sie alle haben sich letztendlich zu Tode gearbeitet.

Zwischen zwei Kreidekreuzen geht Janine kurz nach draußen, um Luft zu schnappen. Das Visier klappt sie zur Stirn hinauf, den Mundschutz zieht sie unters Kinn. Es ist verdammt kalt und wirkt noch eisiger, weil die Luft neben dem Ofen so stickig ist. Ganz stumpf sind ihre Sinne mittlerweile von den extremen Temperaturen. Die Nacht wird noch lange über dem Friedhof liegen. Am Himmel keine Wolke. Janine denkt zurück an den ›Tag davor‹. Bevor ›die Sache‹ begonnen hat, Realität zu werden. Vielleicht ein Tag, wie er bald in die Neuauflagen der Geschichtsbücher aufgenommen wird. Wird sich nicht jeder daran erinnern können, was er an diesem einen Tag gemacht hat? Und was er am Tag darauf alles nicht mehr machen konnte, wofür es vielleicht zu spät war? Als alles noch so weit weg war, dabei stand es schon direkt vor der Haustür. Es war ein Freitag, der Dreizehnte. Ausgerechnet. So etwas kann sich keiner ausdenken. Die Gesundheitsministerin hatte zur Kontaktreduzierung aufgerufen, zwei Tage später wurde sie zur Pflicht. Ein Appell an die Vernunft war gescheitert. Da haben sie in der Pietät schon im Akkord gearbeitet. Eine Übersterblichkeit war in den Zahlen noch nicht festzustellen, aber die Menschen sorgten sich. Und schlossen Sterbeversicherungen ab, weil es auf einmal so schrecklich nah war und einem in den Nacken atmete.

Janine pustet noch einmal in die Luft und sieht einem Atemwölkchen dabei zu, wie es langsam Richtung Kies sinkt. Dann legt sie den Schutz wieder an und geht in das Büro. Unter dem Schreibtisch zieht sie eine schwarze Sporttasche hervor. Schwer ist sie nicht gerade. Als sie den Kremationsofen erreicht, zieht sie einen schmalen Schuhkarton heraus. Bunte Blumen hat sie mit Filzstift darauf gemalt, auf den Deckel ein kleines Kreidekreuz. Auf seine Art passt es. Vorsichtig stellt sie die Kiste auf die Hebebühne. Aus einer Seitentasche holt sie einen von zwei Sträußen Katzenminze, den legt sie obenauf. Sie weiß, dass es nichts bringt, diesen Moment hinauszuzögern. Wie viele Eltern, Geschwister oder Kinder haben noch um ein paar Augenblicke gebeten, um wertvolle Sekunden, aber letztendlich zögert es nur das Unvermeidbare hinaus. Sie weiß es ganz genau und doch hält sie noch einen Moment inne. Zu sagen gibt es nichts mehr, die Traurigkeit in ihren Augen wird für immer sichtbar sein, vor allem in den stillen Momenten, die sie nun alleine in ihrer Wohnung verbringen wird. Dann öffnet sich der feurige Schlund und Mortimer fährt ein. Warm hat er es immer schon gerne gehabt. Irgendwie ist das tröstlich. Mit der Klappe senken sich auch Janines Augenlider und sie drückt auf den roten Knopf. Sofort lecken die Flammen an der kleinen Schuhschachtel. Keine zwanzig Minuten dauert es. An Mortimer ist alles echt, keine synthetischen Stoffe oder künstlichen Gelenke stören den Verbrennungsprozess. Ein halbes Pfund bleibt am Ende übrig. Routinemäßig führt Janine den Magneten über die Knochensplitter und ist überrascht, plötzlich ein metallisches Klingeln zu hören. Sie tastet den Magneten ab und zieht eine kleine, runde Plakette hervor mit einer eingravierten Nummer. Da fällt es ihr wieder ein. Vor Jahren hatte sie Mortimer einmal registrieren lassen auf einer Website, die sich um entlaufene Haustiere kümmert. Alle Tierheime sind darüber vernetzt und findet man ein streunendes Tier mit dieser Marke, kann man über die Nummer Frauchen und Herrchen wieder sehr glücklich machen. Mortimer würde diese Marke nun nicht mehr brauchen. Sie knipst ihren Schlüsselbund auf und hängt die Marke daran. Zumindest hat sie ihn so nun immer bei sich. Vielleicht findet er ja im nächsten Leben durch diese Nummer zu ihr zurück.

Die Mühle mahlt die Knochenstücke zu einem feinen Pulver und sie sind nicht mehr als diejenigen einer Katze zu erkennen. Mit einem Handfeger kehrt Janine die Asche zu einem kleinen Häufchen zusammen und drückt ihre Hand in das noch warme Pulver. Ein letztes Streicheln. Dann nimmt sie ein Kehrblech und schüttet alles in den Trichter, darunter hat sie eine leere Sardinenbüchse gestellt. Es passt genau.

Wie sehr hätte ihn diese Büchse gefreut. Sie verschließt sie mit zwei starken Gummibändern und lässt ihren Gefühlen freien Lauf, ebenso wie sie es bei der Beerdigung ihres Großvaters gesagt bekommen hatte. Für sie ist es in diesem kurzen Augenblick ein Segen, dass niemand im Krematorium dabei sein darf. In der Zwischenzeit ist der nächste Verstorbene an der Reihe und wartet auf seine Zeit. So macht Janine weiter wie bisher, Sarg um Sarg, bis ihre Schicht vorbei ist. Die Sardinenbüchse liegt wieder in der Sporttasche und hält nun eine Fracht aus Asche und Staub.

Mittlerweile ist die Sonne aufgegangen. Der Himmel leuchtet türkisblau und hellorange, leichte

Schleierwolken verwandeln ihn in ein impressionistisches Gemälde. Janine macht eine Pause vor der demnächst anstehenden Trauerfeier und hat sich auf die Bank hinter dem Krematorium gesetzt. In der Hand hält sie die von Eisblumen überzogene Sardinenbüchse. Neben ihr liegt eine kleine Gartenschaufel und sie ist im Begriff, eine Straftat zu begehen. Ein Semester Jura war für ihren Beruf nötig und ständige Auffrischungen durch Lehrgänge. Im Grunde ist es ganz einfach. Auf Friedhöfen wird nicht gegraben. *§168: Störung der Totenruhe (StGB).* Und wenn man auf einem Friedhof einfach so gräbt, stört man die Totenruhe ganz gewaltig. Schon bei sehr starken Regenfällen kann man froh sein, wenn nicht der ein oder andere Wirbelknochen freigelegt wird. Es gibt Dutzende aufgelöste Grabstätten, die unmarkiert und brach liegen, und beinahe überall befinden sich wenige Zentimeter unter der Wiese Kleinstteile von Verstorbenen.

Janine jedenfalls ist überzeugt von ihrem Vorhaben. Technisch gesehen, hat sie ja eine Befugnis, sich auf dem Friedhof in dieser Art und Weise zu schaffen zu machen. Den Kremationsofen hat sie dafür ja auch schon benutzt. Mit dem Zeigefinger tippt sie auf die Blechdose. Sie muss nur noch einen geeigneten Platz finden. Mit steifen Beinen streift sie durch die Reihen und sucht den Boden mit den Augen ab. An der Friedhofsmauer entlang, vorbei an Herrn Arnold, dessen Blumen auf dem Grab schon verwelkt sind. Etwas weiter entfernt vom Krematorium vielleicht, damit nicht einer ihrer Kolleginnen und Kollegen misstrauisch wird. (Obwohl sie alle sehr wohlwollend in dieser Hinsicht miteinander umgehen und beispielsweise die besten Urnenplätze untereinander verteilen, wenn einmal Bedarf in der Verwandtschaft besteht.) Sie kommt an einem Brunnen mit eingehakten Gießkannen vorbei und an den Abfallkörben für den Biomüll. Unter einem Weidenbaum bleibt sie stehen. Vielleicht ist hier der richtige Ort. Etwas ab vom Schuss, vollsonnig. Im Frühling wird dieser Baum wunderbar weiche Kätzchen tragen. Außerdem haben die grünen Halsbandsittiche hier ihr Nest aufgeschlagen und Mortimer hat ihnen mit Vorliebe immer Drohgebärden durch die Fensterscheibe zugeworfen.

Sie sieht sich einen Moment um und lässt sich dann auf die Knie nieder. Die Büchse legt sie nebenhin, die Schaufel sticht sie in den Boden. Er ist etwas gefroren, aber nach ein paar kräftigen Hieben ist sie zur weicheren Erdschicht durchgedrungen. Ganz so tief muss es ja nicht sein. Ein normaler Sarg wird in circa ein Meter fünfzig eingelassen, zwei Meter bei Doppelgräbern. Auch hier stimmt der momentane Mindestabstand. Für Mortimer ist so viel gar nicht nötig. Nach guten dreißig Zentimetern reibt sich Janine den Schweiß aus der Stirn und legt die Schaufel beiseite. Vor ihr liegt ein oval ausgehobenes Loch, einige Wurzeln stoßen durch die Wände. Daneben ein kleines Häufchen Erde und Gras. Hinein kommt die Sardinenbüchse, passt perfekt. Sie legt noch ein Büschel Katzenminze darauf, ein letzter Gruß für einen besten Freund. Eine Rede hat sie nicht vorbereitet und auch Gebete spricht sie nicht. Schippe um Schippe verschwindet Mortimer unter der Erde und am Ende klopft sie mit der Schaufel alles fest. Aus ihrer Jackentasche holt sie ein Päckchen Samen, Katzengras, das hat er immer so gern gegessen. Auch wenn er sich davon erbrechen musste. Aber das sollte er ja, um das ganze Fell aus seinem Magen zu bekommen. Oft schaffte er es gerade noch auf den Balkon, dort war es nicht so schlimm und die Luft war frisch, aber manchmal fand sie Flecken auf der Couch, dem Teppich und einmal sogar auf dem Tisch, gefährlich nahe neben ihrer Sonnenbrille. Mit Vorliebe dort, wo man mit dem Putzlappen nicht so gut hinkommt. Sie muss schmunzeln, auch wenn ihr diese Bewegung Schmerzen bereitet, tief drinnen in ihrem Brustkorb. Aber sie kramt sie gerne hervor. Sind es nicht die Erinnerungen, die beweisen, dass man gelebt hat? Und wie Mortimer gelebt hat, seine eigene kleine Persönlichkeit, meinungsstark und kompromisslos. Im Frühling würde das speziell duftende Gras wachsen und vielleicht streunenden Katzen eine kleine Freude bereiten. Mit einer der Gießkannen bewässert sie das kleine Fleckchen Erde. Da hätte sie es beinahe vergessen. Vielleicht das Wichtigste, auch wenn es zu viel preisgeben könnte. Aber das ist ihr gleich. Aus der Innentasche zieht sie die kleine Marmorkatze, Marmortimer. Sie stellt sie auf das Feld und sie starrt aus grimmigen schwarzen Augen zurück. Einen Grabstein wird er nicht bekommen. Aber dafür steht sein Ebenbild auf seinem Grab. Ein paar Schritte geht sie zurück, jetzt kommen doch wieder die Tränen. Fallen lautlos auf den blanken Katzenschädel und rollen hinunter zu den Pfoten. Aus der Ferne sieht sie schon die ankommenden Trauergäste für die nächste Beerdigung. So geht es ohne Pause wie am Fließband. Schnell sammelt sie sich und kramt aus ihrer Blazertasche ihren Mund- und Nasenschutz. Es muss weitergehen, immer weiter, und wenn es nicht mehr geht, muss es trotzdem weitergehen, denn all das hier ist so wichtig und auch wenn der Abstand bleibt, auch wenn man für den Moment alleine sterben muss, so muss man den letzten Weg doch nicht einsam gehen. Kurz schaut sie noch einmal zurück zu dem Weidenbaum und den Papageiennestern. Ja, hier ist ein schöner Ort. Er würde ihm gefallen.

XXX

Sie werden sich in einem kleinen Café treffen. *Die goûte Stube* soll Wohnlichkeit und skandinavischen Charme verbreiten. Das lächerliche Sonderzeichen wohl hip und modern wirken, wobei das Café dadurch mit keiner Suchmaschine zu finden ist. Hauptsache die Kommentarspalte bei *Instagram* stimmt. Überall Messing und Keramik und duftendes Holz, seine Speisen wählt man von einem Klemmbrett aus und bestellt auf einem in den Tisch eingelassenen *iPad*. Bruno Marquardt hatte sie angerufen, als das extra eingerichtete Telefon schon nicht mehr rund um die Uhr besetzt gewesen war. Als man sich vor dem Abheben wieder Zeit lassen und seine Gedanken sammeln konnte. Als ein Gespräch schon wieder wirklich ein Gespräch war und nicht die bloße Notiz von Informationen, ohne Gruß und Nettigkeiten. Als alles wieder vorbei gewesen ist. Nach den ganzen Partys und Feierlichkeiten und Empfängen und Events, die plötzlich aus dem Boden geschossen sind, wie Fliegenpilze. Es wird voll sein im Café, beinahe jeder Tisch besetzt, und an den Bänken vor den Fenstern werden sich auch Fremde gegenübersitzen und miteinander lachen, ganz ungezwungen und vergnügt.

In einer Ecke wird ein Mann sitzen, vor sich einen Milchkaffee und einen Laptop stehend, mit einer hohen Stirn und braunen, kurzgeschnittenen Haaren. Um seinen Mund ein Vollbart, wie man ihn lange nicht gesehen hat. Masken halten doch so schlecht auf Bärten. Er wird sie sehen und sich halb erheben. Seine Hand hält er schon ausgestreckt und Janine wird sie ergreifen, fest umschließen und von oben nach unten schütteln. Vielleicht einen Tick zu lange, so ganz genau weiß sie nicht mehr, wie das geht.

»Hallo Frau Richter«, wird er sagen und dann auf den Stuhl ihm gegenüber weisen. »Setzen Sie sich doch. Darf ich Ihnen einen Kaffee bestellen?«

»Ich trinke nur noch Tee. Ich habe genug Kaffee für mein ganzes Leben getrunken«, wird sie sagen und einen Kamillentee auf dem Tablet eingeben.

Sie wird beschließen, gleich zur Sache zu kommen.

»Herr Marquardt, warum interessieren Sie sich noch für dieses Thema? Sind wir nicht alle froh, dass es vorbei ist?«

»Wir sind froh, auf jeden Fall, das steht außer Frage. Aber ist es denn vorbei? Ich will wissen, was bleibt und was danach kommt. Im Krieg haben wir uns freilich nicht befunden, aber auch hier gab es Leute, die an vorderster Front dabei waren. Über Ärzte und Pfleger und Leh-

rer wurde alles gesagt, mich interessieren die Geschichten, von denen keiner je gehört hat.«
»Und ich kann Ihnen so eine Geschichte erzählen?«
»Ich hoffe es«, wird er sagen und lächeln. »Zumindest hat auch Ihre Branche den Scheinwerfer der Medien verdient. Und wenn es am Ende nur um Aufarbeitung geht.«
Janine wird für einen Moment schweigen. Natürlich hat er beim Telefonat über sein Vorhaben und die Themen gesprochen. Auch wenn sie es damals schon nicht verstanden hatte. Ihr Blick hat sich immer nur nach vorne gerichtet, denn hätte sie den Kopf gewandt, hätte sie einen langen und harten Weg aus Särgen gesehen. Deshalb stur geradeaus. Eigentlich hält sie nicht viel von Aufarbeitung. Festgeklopfte Erde sollte man ruhen lassen, sie weiß besser als jeder andere, was passiert, wenn man wahllos anfängt zu graben. Oder was man dabei findet. Sie wird in den heißen Tee pusten, der mittlerweile vor ihr abgestellt wurde. Er riecht angenehm. Sie wird sich noch immer unwohl fühlen in geschlossenen Räumen, eingesperrt in eine Art Sarg mit unzähligen Menschen. Zum Teil geht es ihr auch um Übung bei diesem Treffen. Rausgehen, unter Leute, Interaktion, den direkten Kontakt suchen. All dies war lange Zeit nicht möglich. Ihr Blick wird zurück zu ihrem Gegenüber wandern. Wenigstens lässt er

ihr den Raum, denn er wird merken, dass sie ihn braucht.

»Aufarbeitung«, wird sie sagen und das Wort auf ihrer Zunge wiegen. »Ich habe Ihre Artikel gelesen, Herr Marquardt, Sie haben eine bemerkenswerte Beobachtungsgabe. Also gut, ich mache es.«

Sogleich wird er sich etwas gerader auf den Stuhl hinsetzen.

»Aber ich möchte den Artikel vor der Veröffentlichung freigeben, ist das möglich? Es sind immer noch zu viele Leute unterwegs, die einem die Worte im Mund verdrehen.«

»Aber gern, aber gern! Das ist gar kein Problem. Ich verstehe ganz genau, was Sie meinen. Wollen wir beginnen? Vielleicht starten wir mit einer einfachen Frage oder eher einem assoziativen Spiel. Wie würden Sie das letzte Jahr in drei Worten beschreiben?«

»Das nennen Sie einfach? Lassen Sie mich nachdenken.«

Sie wird an ihrem Tee nippen um Zeit zu gewinnen.

»Drei Worte... Kaffee, auf jeden Fall. Dann noch Einsamkeit, ja, es war oft sehr einsam für die Verstorbenen, aber auch bei unserer Arbeit. Und Ausnahmezustand. Der Tod ist bei uns an der Tagesordnung, aber wir haben schnell gemerkt, wie viel ein paar Prozentpunkte mehr an Übersterblichkeit ausmachen. Kaffee, Einsamkeit, Ausnahmezustand, würde ich sagen.«

Bruno Marquardt wird eifrig in seinen Computer tippen, ab und an wird er aufschauen, aber nur um weitere, versteckte Antworten in ihrem Gesicht abzulesen.

»Was war der schönste Moment, den Sie als Bestatterin im letzten Jahr erlebt haben?«

Dann wird er hinzufügen:

»Falls es so etwas überhaupt gibt.«

»Sie werden nicht glauben, wie viele schöne Momente ich insgesamt als Bestatterin erlebe. Man denkt immer, dass es so ein trister Beruf ist, und natürlich begleiten wir Menschen in den oft dunkelsten Stunden ihres Lebens, aber nichtsdestotrotz wird bei den Trauerfeiern Wert auf eine positive Sicht der Dinge gelegt. Zum Beispiel hatte ich im letzten Jahr die Bestattung einer Dame. Wir haben lange auf Angehörige gewartet, aber es schien niemand zu kommen. Beinahe war sie schon unter der Erde, da eilte ihr Nachbar ganz aufgeregt herbei und wollte ihr noch einen Gruß mitgeben. Das fand ich einfach schön und so etwas passiert leider nicht sehr oft.«

»Was war der schlimmste Moment, den Sie als Bestatterin im letzten Jahr erlebt haben?«

»Leichenwagen, die sich vor dem Krematorium gestaut haben. Särge auf den Fluren, im Eisstadion, draußen im Schnee. Verpasste Momente. Letzte Momente, verzweifelte Anrufe. So etwas lässt sich nicht so leicht vergessen«, wird sie knapp antworten.

»Das kann ich mir vorstellen oder glücklicherweise kann ich es nicht, wenn ich ehrlich bin. Hat Sie der Vollschutz bei der Arbeit gestört?«

»Nein«, wird die einfache und wahre Antwort sein. »Nein, wobei Leichen per se nicht gefährlich sind, müssen Sie wissen. Aber in diesen Fällen war die Sache leider anders, was die Schutzkleidung unabdingbar gemacht hat.«

»Sind Sie und Ihre Mitarbeitenden ohne Infektion durch die Pandemie gekommen?«

»Zum Glück, ja. Jeder von uns war an der ein oder anderen Stelle in Quarantäne, aber alle Tests waren immer negativ. Und dann ging es gleich weiter. Wenn wir auch nur einen Fall bei uns gehabt hätten, wäre die Pietät von heute auf morgen geschlossen worden, das wäre eine Katastrophe gewesen. Wir sind das einzige Bestattungsinstitut im Stadtteil und haben Verstorbene aus dem ganzen Landkreis übernommen.«

»Wenn Sie auf Ihr Privatleben zurückschauen und auf die Arbeit. Wie würden Sie die prozentuale Verteilung einschätzen?«

»90 Prozent Arbeit, 10 Prozent Privatleben«, wird sie ohne lange zu rechnen antworten. »Es sind die schlimmsten Tage, wenn sich beides miteinander vermischt, wenn Sie verstehen, was ich meine.«

Bruno Marquardt wird eifrig nicken und einen Vermerk in seine Datei schreiben.

»Haben Sie Angst vor dem Tod?«

»Nein, der Tod ist das einzig Sichere im Leben. Wenn überhaupt habe ich Angst vor dem Sterben und hoffe, dass es nicht zu schmerzhaft sein wird und, dass ich nicht alleine sein werde.«

»Wie stellen Sie sich den Tod denn vor, Frau Richter?«

Bei dieser Frage wird sie Lächeln müssen. Für einen Moment wird sie kurz die Augen schließen, sich den Gedanken ganz nah heranziehen und ihn fest an ihre Brust drücken.

»Nun, ich glaube, dass das Leben uns genügend Hinweise gibt und wir uns unsere ganz eigene Version vom Tod erschaffen müssen.«

»Sie wollen die Leserinnen und Leser nicht daran teilhaben lassen?«, wird er nachhaken und die Frage auf seinem Laptop schon eingeklammert haben.

Sie wird zögern, nur einen Augenblick. Aber sie hat sich angewöhnt, die Zeit nicht allzu großzügig

zu verschwenden, und wird dann sagen:
»Ich glaube, der Tod ist wie eine große Feier, ein Ballsaal voller Menschen, Tiere und Elemente. Jedes Lebewesen, das gestorben ist, findet man dort und man kann sich mit jedem unterhalten, egal welche Sprache oder Laute oder Signale das Gegenüber versteht. Man trifft alte Bekannte, Freunde und Fremde, mit denen man vielleicht sein ganzes Leben schon hatte reden wollen. So kann man zum Beispiel auch Leute befragen, wie die genauen Umstände ihres Todes gewesen sind, das fände ich jedenfalls sehr spannend. Auch wenn der Tod zu meinem Alltag gehört, verbringe ich die Freizeit doch gern mit der ein oder anderen Dokumentation über ungelöste Mordfälle.«
Sie wird schmunzeln.
»Meinen Kater würde ich dort auch wiedersehen, der ist bestimmt schon ganz ungehalten, warum ich so lange auf mich warten lasse.«
Sie wird in sich hineinlächeln, aber in ihrem Tee würde sich auch eine Spur von Traurigkeit spiegeln.
»Darf ich Ihnen nun eine Frage stellen?«
Herr Marquardt wird verdutzt aufschauen und sich über den Bart fahren. Nach einem Schluck Milchkaffee wird er zustimmen.
»Auch wenn ich natürlich lieber Fragen stelle, als Antworten zu geben.«

»Warum reden wir eigentlich so viel über den Tod? Weil ich Bestatterin bin? Oder weil das Leben uns zu kompliziert scheint?«

Er wird seinen Laptop zuklappen und sie einige Momente ansehen.

»Nun, der Tod ist eine sichere Sache«, wird er zögerlich antworten. »Und mit den Toten verbringen Sie doch schließlich Ihre Hauptarbeitszeit.«

Kaum merklich wird sie den Kopf schütteln.

»Haben Sie schon einmal dabei zugesehen, wie jemand stirbt? Wie er von einem fühlenden, atmenden Wesen in das Reich der Toten übergleitet? Wie Ehemänner zu Witwern werden und Kinder zu Waisen. Wir arbeiten mit den Lebenden, sonst würde das alles keinen Sinn machen.«

Mit auf der Handfläche aufgestütztem Kopf wird sie sich in dem Café umsehen.

»Vielleicht ist das hier doch keine so gute Idee«, wird sie sagen und in ihrer Tasche nach dem Geldbeutel suchen.

»Warten Sie«, wird er sich beeilen und den Laptop wieder aufklappen. »Können Sie schlafen?«

Sie wird innehalten. Vielleicht würde er langsam auf die Spur kommen.

»Nicht sonderlich«, ihre Tasche wird wieder zu Boden sinken. »Immer wenn ich es versuche, verkrampft sich mein Körper, kaum atmen kann ich in der Nacht.«

Tippgeräusche mischen sich unter das gedeckte Gemurmel im Café. Irgendwo lacht eine Frau laut auf.

»Haben Sie Angst, unter Menschen zu gehen?«

Er ist nun auf dem richtigen Weg, auch wenn es ihr schwerfallen wird, darüber zu sprechen.

»Im Prinzip ist mir dieser Raum schon zu voll. Generell komme ich mit geschlossenen Räumen nicht mehr so gut klar. Jede Menschenansammlung birgt auch immer ein gewisses Risiko, wissen Sie.«

»Gehen Sie noch gerne zur Arbeit?«

»Auf jeden Fall. An meiner Begeisterung für diesen Beruf hat sich nichts geändert. Es sind die Lebenden, die gefährlich sind, nicht die Toten.«

»Eine allerletzte Frage würde ich Ihnen gerne noch stellen. Nennen Sie einfach das Erste, was Ihnen in den Sinn kommt: Welches Bild sehen Sie, wenn Sie die Augen schließen?«

Und sie wird es tun, obwohl sie die Antwort schon weiß. Sie wird die Augen schließen und alles wird schwarz sein, alles, bis auf zwei schimmernd weiße Balken, die sich von der Dunkelheit abheben und wenn sie die Augen wieder öffnen wird, werden sie noch sichtbar sein und sich über die Umgebung legen, über Menschen, über Freunde und Familie.

»Weiße Kreidekreuze«, wird sie sagen und er wird wissen, was sie damit meint.